后浪

张贵兴 著

赛莲之歌

四川人民出版社

图书在版编目（CIP）数据

赛莲之歌 / 张贵兴著 . -- 成都：四川人民出版社，
2021.2（2022.12 重印）

ISBN 978-7-220-11904-0

Ⅰ . ①赛… Ⅱ . ①张… Ⅲ . ①长篇小说 – 中国 – 当代
Ⅳ . ① I247.5

中国版本图书馆 CIP 数据核字 (2020) 第 108656 号

本书中文简体字版由联经出版事业公司授权出版，原著作名《赛莲之歌》

四川省版权局
著作权合同登记号
图进字 : 21-2020-270

SAILIAN ZHI GE

赛莲之歌

著　　者	张贵兴
选题策划	后浪出版公司
出版统筹	吴兴元
编辑统筹	朱　岳　梅天明
责任编辑	李京京
特约编辑	范纲桓
封面设计	蔡南昇
装帧制造	墨白空间
营销推广	ONEBOOK
出版发行	四川人民出版社（成都三色路 238 号）
网　　址	http://www.scpph.com
E - mail	scrmcbs@sina.com
印　　刷	嘉业印刷（天津）有限公司
成品尺寸	143mm × 210mm
印　　张	7
字　　数	144 千
版　　次	2021 年 2 月第 1 版
印　　次	2022 年 12 月第 2 次印刷
书　　号	978-7-220-11904-0
定　　价	45.00 元

自序　假面的告白

　　《赛莲之歌》的背景仍然是出生地——婆罗洲西北角一个落魄惆怅的小镇。这个小镇最近蠢蠢欲动，颇有繁华迹象。曾经那么长时期成为别国的殖民佣土，流过一点血，却又不到"血泪斑斑"，花再多时间也不可能找出什么傲人的史迹，即使曾经蕴藏过石油矿脉，吐哺的却不是自己的骨肉，而是欧洲人的优雅，欧洲国家的繁华。白种人仿佛龟公老鸨，以这个小镇的血肉钱建设他们日益强盛的祖国，直到小镇的白嫩风骚完全衰败。帝国主义有如武侠小说里的吸星大法彻底掏空她的元气，只给我们这些还在流亡的子弟留下一块臭皮囊遮风挡雨。欠缺完善的排水系统，每年长达三四个月的雨季，小镇就会局部性成为泽国。老家处于洼地，首当其冲。那水，大人虽然烦恼，却也逆来顺受，不怎么抱怨；孩童乐不可支，视为游戏天堂。洪水无限扩大水族天地，那水族也和孩童一样欣喜的吧。水族里头最常见的是两点马甲和攀木鱼。前者优雅大方，两颗伪眼神秘动人，"脸蛋"美得不像话，扇状的背鳍和臀鳍、长丝状的胸鳍在水中翩翩起舞时仿佛仙女；后者丑陋鬼祟，筒状，牙尖鳍锐，鳞甲狰狞，肉食性，领域性强，黑得像一块炭，栖息深水处，喜欢攻击其他鱼种。两者皆属攀鲈科，是溪里有名的美女和野兽。攀木鱼长了一种可以直接向空气呼吸的褶鳃。小时候我们为了实验褶鳃威力，常将它曝晒岸上，久久朝它身上泼几滴水维持某种湿度。这家伙一整天不入水，总也不死。传说雨季期间，遍地泥泞潮湿，入夜后它会利用强壮的腹鳍、尾鳍和胸鳍上岸，从门缝进入人类家中觅食。旱季时据说它还会翻山越岭寻找水源。洪水泛滥期间，所有面目模糊缺少羽毛羞涩安静的野兽纷纷露脸，它们平常在我的观察追踪中不是神龙见首不见尾就是惊鸿一瞥，参差狰狞丰腴嶙峋，就像酷似女性生殖器的肉食性猪笼草捕虫瓶，早已在我的潜意识中沉淀为一种对神秘犷野的肉欲想象。大蜥蜴的膘满肉肥，蟒蛇的无底洞食欲，树蛙的避阳趋阴……或许正值青春期吧，偶尔梦见两点马甲——非攀木鱼——出水上岸后化成一个湿淋淋的女人鬼魅似的飘到床前。这女人有一回晃着一条尾巴，匍匐吐信，状似蜥蜴蟒蛇。野兽，女人，水，暧昧混沌，或许和这本小书有一点关系。书中年代介于中学时期，彼时披头士解散若干年，猫王痴肥，西方通俗文化无所不在，学校课程的毒烂，没读过什么书却不知道怎样当上老师的老师，中学时代的失意挫折，和小说人物来一场精神恋爱，生活在一群充满拓荒精神的人物之间，行走在一块充满拓荒机会的土地上，反骨顽皮如我，没胆惹是生非，只有躲到山水书本里去，也不过十几岁，没什么国好忧，现实生活里也没什么惊天动地的情爱，肩负重担不知如何是好却又故作轻松潇洒的闷骚模样比拟中国历代寄情天地乃至小鱼小虾的隐士，凡此种种，不知道和这本小书的自恋畸想有否关联。

旧作重印，再怎么看，也不会满意。想来一点更动，好像也没有什么意义，何况动了一字一句，就没完没了。还是保留丑丑蠢蠢的样子吧。

这小书是我少年时期"假面的告白"。那么苍白的少年时代，找不到太多值得书写的事件，只有大量付诸幻想，假设自己已抵达那座永远无法抵达的欲望岛屿。

终究是一个不存在的岛国，终究是一具假面。

也不过是多年前写就的一本小书。

　　一直妄想替这本小书写一本续集，只是谋生吞噬了大部分时间，写作几乎成了贵族活动，许多新的构想一直无法完成，续集，也就变得不可能了。

2002 年 7 月 26 日，台北

目录

第一章 ——

1

现在回忆这些少年往事已经太迟。当我思索时，特别是牵涉到某种情绪或欲念时，我的理智和判断就会被它的颜色和形状完全击溃。当我阅读、看画、聆听音乐时，我就会在某种感悟中意识到它的存在，并且低下头来晤谈。只有重新进入距离脑髓最遥远的那一片潮湿地带，才能使那些枯干萎缩的记忆再度复活……

2

约瑟·佛烈德曼医生从母亲阴道接生过七个婴孩，当第五个胎儿在母亲肚子里住满三十二周时，他数次透过母亲肚皮将头颅回转到骨盆口，想把危险性较高的臀产式改为正常的头产式。七天后胎头回到原位，臀部朝向骨盆，双手抱胸，膝盖打直地贴着身体。佛烈德曼医生总共做过三次回转术，婴儿也跟着做了三次反回转。佛烈德曼放弃回转术时，告诉母亲说：正式生产时，胎儿就会还原为头产式，即便没有，以母亲生产过四位哥哥的经验和壮硕，臀产式也不见得会有什么意外。

母亲根本不担心什么臀产头产，她生产四位兄长时轻松愉快，凭她阔大的骨盆、充沛的羊水、力拔山河的子宫收缩和阴道排挤，即使生一头恶形怪状的恐龙，也会在她一声喝令下，应声而出，匍匐在她伟大的胯下。她没有时间去操心腹中那块肉，从清晨五点半起床开始，直到晚上十点半躺回床上，她用妊娠的耐力和勤奋的生育方式不停劳动，成果丰硕而活泼，附近姑娘出嫁时喜欢请母亲压压新床，衷心渴望她的多产和吨位带来好运。母亲鄙野的村姑世界只有劳动、劳动、劳动，即便腹中胎儿怀满十个月，过了预产期十天，母亲也没有操过半丝心，她根本没有时间去操心，事实上她根本忘了自己怀了多久身孕，更不必说过了预产期十天那种神准的现代医学推算。她忙了一天后，傍晚四点半时扛了两桶衣服到河边捶洗。

这大概是母亲一天中最轻松惬意的一刻。一群少女、姑娘、妇人和母亲在河边做活，她们或者含苞待放、待字闺中、初尝爱情滋味、新婚、拖儿带女、守寡、老死未嫁，在捶洗中摇摆壮大或报废的胸部，散发生殖机械或即将成为生殖机械或无法成为生殖机械的命运、烦躁和荒芜。她们的舌头比手脚勤快，口水比汗水稍多，比较着丈夫的质、儿女的量、情人的轻重、物价的高低，偶尔数数公婆是非、床上长短。洗完衣服后，她们在河里洗澡和玩水，这是回家做晚饭前的娱乐，也是一天中唯一的娱乐，这个习惯使这条河在傍晚时分成为男人禁区。

母亲坐在一块石头上擦抹身上的臭汗和不知道几个月大的肚子，突然觉得婴儿在肚子里冲撞、游泳，一个声音对她喊道：

"下水吧，下水吧。"

母亲看着河里嬉水的女人，看着一阵阵浪潮袭来，看着自己的皮肤汗毛孔迸洒出拳头大的浪花，看着自己像广场水池中的雕塑品从嘴里不停地喷出水柱，她从石头上站起来，向河里走去。学龄前逢我溺水时，母亲就会抱怨那群三姑六婆怂恿她下水，让我和水有了不可救药的关系。

她们真的怂恿母亲下水，她们和母亲一样不清楚胎儿月数，只清楚活动有益生产。母亲怀我时候二十六岁，除了稍阔的骨盆说明她是一个有经验的产妇，她的直挺、弹性和年轻像怀第一胎的少女。她撑着大肚子，脊椎骨像大帆船龙骨，平衡左右舷，稳健地航入水里，像海马一样苗条，像天鹅一样优雅。河床中央最深处只够淹到她们颈部，正是嬉水好去处。她们玩耍和追逐了半个小时，太阳下山前上了岸，抹干身体，穿上衣服，拎起一或两个装满衣服的塑胶桶、铁桶、木桶，准备回家。

母亲上岸时觉得轻盈多了，好像卸了货物的载货船，轻艇飞棹，从河床中央涉水走来，转眼泊岸。上岸后，去了浮力，她更觉得轻飘飘地飞上了天。她低下头时，看见肚子塌扁，肚中空空，一条湿淋淋的肠子般的东西从胯下垂下。

"发嫂——"

女人们——尤其没有结婚的年轻处女和无婚可结的老处女——失声尖叫。

母亲和熟悉子宫收缩、阴道排挤的妇女知道那是供给我养分的脐带，她们丢下桶子，扣紧衣衫，绑上腰带，吆喝着朝下游走去，走了二十几步，她们就看见河面顺流翻滚的婴儿，他三千零四十公克，五十公分，缩身勾背，皮色和姿势像被剥皮后煮熟的虾子，偶尔小手、小脚和盖着胎毛像毛蟹壳的头颅会伸出水面像朝岸上的人招呼。一位强壮妇人、一位三十岁的精泳者跳入水里把婴儿揽上岸来。

河水洗涤我身上的胎血和黏液，我的身子显得干净而清爽，除了吹弹可破的肌肤和可以从头到脚折入一粒篮球的柔软度，我看起来不像是个初生婴儿，而且我还显露出三四岁婴儿才有的诡异笑容，这个笑容维持到母亲把我抱到佛烈德曼的医务室，老伦敦人佛烈德曼用各种医疗器材检查我为止。医生凭着我的头颅造型肯定我是头产式出生的，滑溜顺利到母亲没有一点知觉，这更显示母亲骨盆的伟大和生产效力。脐带在医疗记录中则始终成为一个谜。佛烈德曼做了三点推测：它是被水流崩断的，或被河床的石头棱角磨破，或被一种诸如动物牙齿的刃器嚼断。老医生说："我从前喜欢在那条河里垂钓，那条河里有很多江鳄，它们把猎获的食物——包括人——藏在浮木下，等泡烂了，它们才用不够强壮的牙齿和长颚嚼食。"

三天后，母亲抱着婴儿走出小镇唯一的医疗中心，摇摇晃晃走过一座仄险的独木桥，桥下是另一条及胸的小河，流幅深入海的心脏，甜美的流水声从母亲脚下传来。母亲熟悉独木桥上每一道裂痕和只有她的体重才会引起的摇摆，她一直希望生一个女儿，但是多添一个壮丁也不是坏事。河水清澈而湍急，水底悠游着成群的攀木鱼和两点马甲，水面掠过蜻蜓和雨燕，鱼狗站在灌木丛上欢唱，婴儿从母亲怀里滑下，像一条鱼跃入一泓水。一群小虾冲向我的喉咙和食道，我打了一个水喷嚏，把它们射向一公尺外。在湍急的流水中、在解放的快感中翻滚、翻跟斗、翻上翻下，我拉屎了。河床上跳动着的阳光使水域像浮游中的海蜇肌肉，我稀拉的屎像一群浮游生物。佛烈德曼怀念河水的方式和我完全不一样，当母亲把昏迷和湿透的我抱回医务室时，他诊治着我，喃喃关心那一群咬嚼力差劲的、在他口里和松鼠一样可爱的江鳄。

褪褓时候，母亲扶着我坐卧在浴盆里，热水一遍遍洒向我，我龟一样拨着四肢，寻找一种浮游记忆。有一天，我学会从地面拉拔起前肢，用后肢摇晃行走，此刻走在前面的是用扁担挑着两桶肥水的母亲，那种沉重的摆动吸引我尾随她。菜园里有一耳水井，母亲从井里汲水掺和米田共，挑着肥水走向菜畦。有一种比母亲沉重的摆动更兴悦地呼唤我，一种清新沁脾的味道比粪桶更强烈地诱引我。我知道某个地方有一潭神秘而幽黑的水。

母亲听见奇怪的声音，但是继续灌溉菜圃，轻轻呼叫我的乳名，当我没有像傻鸭子嘎嘎叫着走过来时，她巡视着菜圃，视线冻结在最后留下我的地点：水井。大地湿气正浓，蝴蝶翅膀沉重，我张开手脚去搂水，喉咙里发出滋咕滋咕的笑声，骨骼柔脆得像芦茎里的薄膜，阴茎哆嗦出一泡热尿。母亲用一只手扶着井台弯下半个身子，用另一只手抓住脚丫子，把肚子灌满冷水的小家伙从井里捉出来。母亲用右手揽着孩子细腰，左手拍打他的背部和后脑勺，从他嘴里挤出稀黄和糊状的液体，又把孩子仰卧地上，用她长着锄茧的手掌挤压心脏，再揽腰抱着孩子拍打背部，又把孩子仰卧地上挤压心脏。在菜圃里和她一块工作的邻居围上来，捎消息给准备上班上学的父兄。大伙七手八脚抢救，即使在心脏停止跳动后。母亲哭了，父亲红了眼睛，比我大三岁还不到学龄的四哥因为一早拿着弹弓弋鸟，忘记母亲叮咛照拂一下弟弟，正在担心会受到什么惩罚，他曾经因为毁坏我的小卡车——一种用啤酒或可口可乐瓶盖钉在木块四角充当车轮的自制玩具——被母亲用几片椰叶打过屁股。

"天有不测风云……节哀吧。"

邻居慰问过父母亲准备离开时，从我嘴里吐出一大匙黑水，眼睛眨巴几下，像被哥哥毁坏心爱的小卡车大哭起来。我被母亲像床单一样挤干和捶活了。

我不明白我刚学会走路的小身体为什么爬得过比我高出一个脑袋壳子的井台，而且事后根本没有坠井的记忆，只有一种朦胧糊涂，它和水囊中的羊水、胎毛、脂肪、胎儿的扁平细胞和一丛红色枝丫状结晶形态的物质结合成共同记忆。裹在身上的胎脂使人怀念，吞吐碱性的羊水使人发狂。夜里我看见鲨鳍划过黑漆漆的海上，海豚跳出水面发出婴儿泣声，歌唱的鲸鱼群抛洒彗星状水汽。这是一种隐性遗传，它活跃在我的血液中，上一代将透过我传给下一代。

我站在黏滑的木桥上，脚丫子只离水面二十公分，透凉的水汽充塞脚血管。水声灿烂，水草肥烂，青苔糜烂，岸上的植物绿烂。我发梢沾满露水，脚掌像鸭蹼，四位我敬爱的兄长在一百七十公分的河水中狗爬或潜游，插入或拔起，他们把衣服和鞋子交给我，不准我玩水，虽然我已长满五岁。我蹲在木桥上，水汽和浪花淋湿了脚丫子和屁股，我的背部坚硬像龟壳，腹部柔软像蝾螈。我爬入芦苇丛，放完最后一瓢绿豆地瓜屁，带着一身沉重钙质滑入水里。兄长发觉我不在桥上时，随即豁出小命分头寻找，在一块浮木底下找到我。经过一阵短暂急救，我慢慢苏醒过来，接受教训和责备。我傻笑，激烈呕吐，黄土，木屑，草渣，鲜活斑斓的雄斗鱼。

姨丈送给父母两只小猪，我们在新盖的猪溷后方开湖播种饲猪的浮水性大萍。湖小，但是包罗万象，水黾、蝼蛄、蜉蝣、水蛭、蚯蚓、恙虫活跃其中。它的小使它丰满精致，从猪溷流入湖里的粪块和尿液使它肥沃，家里任何一块角落任何一个时候都嗅得到它的尿粪味，稀释到我的血管神经，让我口水苦臭，嗅觉单一，舌头上的味蕾咸得化不开。沿湖种植的椰子树、波罗蜜、红毛丹、山竹用根须接触一湖肥水，枝叶湿润柔软，粗糙疖瘤性的树身多汁液，果子多肉多水。猪粪味使我夜里睡得更甜，也苏醒得更勤，无孔不入的熏臭让我烦躁不安。我从横陈兄长肉体的床上坐起来，离开闷热和汗臭的蚊帐，穿着宽松尿湿的短裤，打着赤膊拍打蚊子，踩死蜗牛和蜈蚣。母狗带着一窝狗崽子叫醒家人，父亲推开窗口，用超强电力的手电筒照亮鸡舍、猪溷，寻找偷鸡贼和蟒蛇、大蜥蜴。大哥握着弯刀，四哥拿起洒着野鹁血的万能弹弓，母亲试过各种武器，最后看上一根钉耙。我嚼食大萍和猪粪，牙齿打战，浑身发抖，虽然站在湖中央，湖水只淹到我胸部。强烈的手电筒光芒沿着湖水罩住我时，我把一片潮湿的腐木塞入嘴里。第二天，我发高烧，流鼻涕，拉肚子。

我记不清楚这种事情发生过多少次：前一秒钟站在湖边波罗蜜树荫下，下一秒钟湖水已经涨到肩膀。玩捉迷藏时候，我蹲在湖中，让水浸到下颏，两手在烂泥浆里挖蚌，头发插满大萍，露出一双眼睛四处张望。我捧起一把蛙卵巢，把水和一撮卵巢吸入嘴里，吐出一些新孵出的小蝌蚪，吃下一些新孵出的小蝌蚪。下过大雨后，湖水饱涨，家人三番两次把我从湖里救起，开始注意我的动向。我撞开一道大栅门，走向兄长经常戏水的小河。湍急的流域催动我的步伐，水声使我血液沸腾，两耳嗡嗡，听觉爆炸。水鸟并不惧怕我，我对它们的高脚长喙感到好奇。家人叫嚷着追过来时，两点马甲和攀木鱼潜入水里，青蛙入水，水鸟飞走，蜻蜓乱窜，大蜥蜴上岸——我也受了惊吓，乱糟糟、哗啦啦跌入水里。

有一回我和家人拜访亲戚，大人坐在客厅里聊天，小孩被送作一堆寻找快乐。孩童和星星都是群居性的，在一片灿烂喧闹中黯淡使我消失。爱我如父母者有把握在一分钟内找到我。在亲戚细心照料的鱼池中，我被发觉两手抓住假山基部潜伏在水底下，嘴里冒出水泡，毁坏不少水草和摆设。我的烂牙齿没有长齐，下颚和老佛烈德曼江鳄的下颚一样没有力气，但是我确实咬住一只大鲤鱼，歪戴一顶水莲，浮出半个头来看着叔叔、姑姑、婶婶。两只家犬红着眼睛对我吼叫。

祖母请一位老婆婆给我"收惊"。我坐在椅子上。老婆婆捏着装满生米的祭神瓷杯在我头顶上绕圈子，哆哆嗦嗦说："阿兴啊——回家吧——不要怕啊——回到你可爱的家吧——父母盼望你啊——兄弟姐妹挂念你——好朋友想念你啊——阿兴啊——回家吧——回到你幸福的——"老婆婆说我面黄肌瘦，手脚似鸡爪，印堂有邪气，水鬼已经勾走我的小魂魄。邻居建议母亲请法师或乩童给我作法，我听见有人要我吞什么符咒，喝公鸡血，吃某种动物的大屌。父亲不相信这些鬼把戏，他是一流木匠，只相信自己制造的任何东西都会浮在水上，包括他的儿子。母亲是虔诚的天主教徒，她向上帝忏悔时夸大自己讲粗话的水准，抱怨老佛烈德曼没有提醒她在产房里待产，想起河水里潜伏着满嘴烂牙的江鳄。小学生、少年人、年轻人继续溺死在水里，家人严实地看管我，看不住我时，他们把我锁在房间里，在窗外钉上栅栏。我没头没脑地走动，翻这搬那，寻找玩意，发明游戏，自言自语，看准烂疮挤脓，对准夜壶或栅栏缝隙撒尿，凝视栅栏外头咸稠稠的湖水。我张开嘴，舔着空气中来自鸡鸭鹅猪的粪味。无聊时候，我困着了，梦见自己变成湖面的朽木、浮萍，湖底里的苔石、烂泥浆、小死猫。

　　我变得聪明乖巧，开始离开任何有水的地方。家人很快相信了我，对给我的惩罚感到歉疚，用餐时在我的小碗中加菜添肉。从学龄开始，我完全放弃这种坏习惯，祖母感谢水鬼放走我的小魂魄，母亲把钱大量扔进募捐袋里，虚无的父亲钉了一张小书桌、小椅子给我。阿波罗升空，太空人宇宙漫步，披头士比耶稣伟大，我逐渐英气焕发，长成一个乡村塾师敬畏和头痛的科幻摇滚少年。我不得不暂时放弃它，上学途中有多少河川、湖泊、储水槽、大型水桶、井……

　　我坐在湖边红毛丹树上最高的一枝树干上剥着鲜红的果皮，将多汁甜腻的果肉塞入嘴里，嚼得满嘴泡沫，牙缝塞满肉渣，肚子装满气体，充满排泄欲望。这种多肉汁的热带水果，肉质近似荔枝，吃得我阴鸷畏缩，品性低劣，半生犹豫在 AB 两种血型中，在二十一号我诞生日的半座双子和巨蟹座中蹩脚一生。树干摇摆在风中，湖潭摇摆在我眼中。在波罗蜜、红毛丹、椰子遮掩中，湖水显得陌生阔大。我呕吐秽物，排泄蛔虫，让鸡、鸭、鹅拥挤到红毛丹下啄食。我继续排泄秽物，呕吐蛔虫，让鸡、鸭、鹅逐涌到红毛丹下继续啄食，就像我从前嚼食猪粪、木屑、水草、活鲤鱼，它使我脸色苍白，肚子肥大，营养不良，动过一次阑尾截除术。我在等待一截干净的肠子，一段色泽正常的大便。我想象自己飞升，鸟瞰湖潭，像垂视胯下的茅坑，然后，我挤压自己，软化自己，切断自己，从头到脚栽入湖里，让水流通过喉咙、食道、肠胃，再从肠胃、食道、喉咙逆流出来。

第二章 ————

3

只有四年历史的中学母校坐落在一座废弃的机场附近,建校时从野草堆里挖出众多二次大战时日军掷下的没有爆破的炸弹,母校就在怪手、卡车操作声和爆破声中诞生。在我们就读初一时,当局继续往机场方向扩充足球场、学生宿舍和停车场,发现可以当作古董展览的炸弹时,不管炸弹距离教室多远,全校一律停止上课,穿着军服的军方人员驾着军车大摇大摆驰进校园。日本帝国主义的血腥杀手像可怜的战俘被拉上药引子时,我们全部蹲在桌子底下希望它震破窗口上的一两块玻璃,那震天价响但是并不恐怖的爆破声、发抖的大地、颤动的桌椅、从天花板掉下的几块油漆、女同学的尖叫声,这一切使我们做出各种古灵精怪的反应。从窗口看出去可以发觉天空飞窜着数十只掷离树丛的鸟禽和像香烟灰弹掉的碎云——仿佛它们也是在那一阵爆破中被炸碎的——可以看见常青乔木叶缝中的蓝色海洋和白色浪花,阳光炙热得可以烧穿瞳孔,海和天的尽头压出一条地平线,一艘将近三十年前搁浅或炸毁的日本战舰尸骸浸泡在浪潮汹涌的海滩上,黑褐色船身布满锈质、牡蛎、鸟屎和在上面胡闹作乐的男女丢弃的垃圾，海鸥像三十年前驻足下来啄食寄生虫。伙伴们经常爬到船头下竿，从船舷跃入海水，这时候我通常徘徊沙滩上。从这里往学校方向眺望，可以看见学校以瓦片叠起的背脊、发亮的旗杆、臃肿的水塔、波动的树巅，热气弥漫在隔离校园和海滩的灌木丛和黄泥地上，地面各种物体处于飘浮状态，从指骨缝可以感觉不需要握住的炎酷，泳者大部分时候泡在海水和船骸阴影中。学校离海滩不到一千公尺，放学从校园骑脚踏车出来，顺着海风是回家，逆向海风就是通往海滩。这是长达五千公尺的海岸线，沿海纵列着葱郁雄伟的枞树，树下盖了几十栋渔民休憩和贮藏渔船、渔具的小木屋，沙滩上散置着腐烂的漂流木、蟹洞、贝壳碎片、水鸟爪印、鱼尸、椰子、胡桃、海木贼、花珊瑚和各种杂物，老鹰伫立在枞树巅上，水鸟在沙滩上觅食，有人在战舰上向我招手。海浪一波一波推向陆地，仿佛那是从海底升起的大浮力，走在沙滩上可以感觉某种削力擦过足下，轮船、渔船、钻油平台、泳者漂浮在没有任何肌力或动力可以比拟的力量中，像星球漂浮宇宙中，热量来自一种咸度，一种海的汗汁，而盐的结晶体散布在少年的金黄色胴体上，他们不停地呼啸，从战舰跃入海水，像鱼儿潜入船舱。

有人站在船头上继续向我招手，向我呼啸。我也登上过战舰，那是在早上退潮的时候，海水只淹到小腿，但是我必须随时注意涨幅。即使登上战舰，我也只是四处观望，并没有胆量跨出船舷跃入海水。当我的同学和从小和我一块长大的伙伴已经学会游泳时，我还是拿这种水上技能没有办法，不要说涨潮时游到船舰，连走到水深及胸时也会觉得晕眩。有一次我在他们怂恿下站上船舷试着跳下海去，各种呐喊、鼓励、嘲笑在我耳边响起，一种恐惧感使我屹然不动，海水在我脚下起伏不定，蓝天和地平线正在缓慢地颠摆，一个伙伴撒下一泡尿，弧度优美的水柱落到海水前已经被海风吹散。据说只要你敢跳第一次，你就会很快克服这五公尺高度的恐惧，然后像老手做第二次、第三次、第四次跳跃……我站在船舷上摇摇晃晃，准备敷衍一阵再找借口退下，一个伙伴出其不意在我背上推了一把，我于是狼狈不堪地落下海去，但是几乎就在海水像针毡扎向我胸部时，我就觉得天旋地转、四肢乏力，像一只死猫沉入海底，我撑开的眼眶张满压力，一口一口吞吃着海水，而且就像被力大无穷的巨人抱在怀里，你愈挣扎就被抱得愈紧，愈快窒息，愈快尝到我很熟悉的半甜半苦的溺水经验……再度睁开眼睛时，一个为了拯救我而陷入比我更严重的昏迷的伙伴和我并肩躺在沙滩上，一片云体适时从天上飘过，云影和一群眼睛向我围拢过来，因为沙滩烫得背部十分难受，我大叫一声侧卧起来，几乎是同时看到救命恩人慢慢睁开了眼睛。当我们回到战舰上时，我并没有在他们的期望中做第二次跳跃，因为没有人认为自己的泳技胜过那位拯救我的伙伴，这位伙伴发誓如果我再跳入海里他会装作没有看见。站在战舰的炮台上可以从常青乔木中隐隐约约看见校园，几个女生穿着运动服在篮球场上打球，一群女生把桌椅搬到树荫下、走廊上自修，嵌着玻璃的窗口影影绰绰，乍看仿佛这是一个在学日。教室中仿佛坐着一群完美的女学生背影，纯朴的女学生制服，适合甩头的短发，森严的脖子，青春的背、肩膀和臂膊……那是圣洁的、从雏阶繁衍上来的东西，尤其推挤在桌子底下躲避爆破时，一种碰撞、一种近距离的凝视、一种异性的气味会使人不是一反常态地粗暴就是过分地小心翼翼。当然有时候爆破声会像一个酒足饭饱的大汉放了一声响屁，雷大雨小得使我们哄堂大笑。最促狭的是在等待引爆时，有一些男生会突然拍破一个胀满气体的塑胶袋，或者有人真的放了一个臭屁。军火专家做完工作后，精神抖擞地走过校园时，我们也会适时地鼓掌和吹口哨，让他像小丑脱下军帽向我们行礼，向我们做出各种夸张的答谢动作。一直到初中三扩建工程完成后，这位军火专家才永远消失在校园中，而另一颗看不见的炸弹——年底的高中升学会考已经开始倒数计日等待引爆。初中三开学一个月后，靠窗那一排一直空着一个座位。

4

考试算什么呢？逢愈大愈重要的考试逼临时，我就愈喜欢上图书馆阅读闲杂书，这种习惯在我十多年学生生涯中始终没有改变，因此我最近更勤奋地上市立图书馆，在那个藏书量有限的地方，我几乎摸过每一本书。有一天图书馆运来了一批新书，从那些十二开本的又厚又重的大书所产生的愉快负荷中，我找到一套介绍欧洲名画的美术丛书，从一本画册中看到从翡冷翠到古典主义画派的各种裸体女人，而且立即被《诱惑男人的女妖》《绑架山林女妖》《山林中的女妖》三大标题下的画作吸引住。女妖（nymphs）是住在海洋、河域、湖泊、沼泽和山林中的精灵，是大自然山水草木的象征和化身，这些年轻貌美的、纤弱的、亦仙亦妖的、擅长歌唱和舞蹈的女子迷恋和勾搭凡人之余，也经常被半人半兽的男神诱拐或施暴。一幅横跨两页的画作突然跳到我眼前，我触电似的瞧着它。庸俗的好处是准确，不夸张地说，我发觉"触电"二字恰好可以形容当时的感觉。

这是十九世纪英国画家渥达浩士[1]的作品《希拉诗[2]和水妖》。我翻到书后的背景介绍。美少年希拉诗是希腊勇士鹤秋力咒[3]的随从，有一次追随主人搭乘阿果号[4]船舰和一群希腊英雄远征东方，当船舰泊靠在小亚细亚的狡石岛时，希拉诗捧着青铜壶到岛上的湖泊汲水，他的美貌吸引了泉水中的女妖，她们浮出水面将正要汲水的希拉诗拽入

---

1 即约翰·威廉·沃特豪斯（John William Waterhouse，1849—1917）。

2 即许拉斯（Hylas）。

3 即赫拉克勒斯（Hercules）。

4 即阿耳戈号（Argo）。

水底。阿果号将要启碇时，希拉诗仍然没有回到船上，暴躁而恐慌的鹤秋力咒不停地在林子里寻找希拉诗，但是美少年已经听不见主人的呼唤，这位有着同性恋倾向的希腊英雄因为伤心过度而错失阿果号的启碇，被遗弃在狡石岛上。此后逢岛上举行一年一度的祭神庆典时，岛民在鹤秋力咒托付下，组成哀悼队伍绕池呼唤少年人的名字。我注视水妖半诱半迫地将希拉诗拽入水中。

十八世纪末后期浪漫派风格的画面洋溢着维多利亚王朝情调，冶艳、华丽，略带拉斐尔前派的忧郁气质，被茂密枝叶覆盖而显得阴暗的树林子里，长满水莲的池泊是画幅的主貌，画角上面伸展着狭长幅地，妖异而雄伟的树根蹯着水湄。这里的花草诱人进食。适合面对它沉思而缺乏阳光的水质充满谜意。希拉诗蹲在左边一片长满黄色野花的岸侧，一只手拎着水壶朝湖水跪下，另一只手已经被冒出湖面的水妖用十指挽着。一个水妖扣住希拉诗宝蓝色衣袍的裾摆，另一个则向少年摊开手掌上的珍珠。七个从水面露出腹部、胸部或肩膀以上的裸体少女，以蓝色而深情的眼睛注视岸上的美少年。她们披着褐色的长发，雪白的身体挺立在水面和莲叶之间，下体和莲茎一块没入水底，仿佛她们就是水莲化成的精灵。乳房像从树干冒出的芽肉，顶端聚着枝头的茁势。白色莲花开在她们身上。

少女脸上的六道红唇（一位少女背对画面）和系在希拉诗衣袍上的红色腰带轻易地抓住观赏者的视线，从七双眼睛射出的温柔目光逐渐冲淡少年脸上的疑惑。希拉诗以天生的忧郁气质俯视少女，维持着就要弯腰汲水的倾势，那也是给主人倒酒的奴势。岸上的稀薄芦苇和一棵瘦弱的小树是失去平衡时唯一攀附的东西。少女拉着他的右手，仰起头来凝视苍白的唇。青铜壶垂到地上。他慢慢地垂下脖子，忖思应不应该接受吸吮的、死亡的吻……

有一天，我偷偷撕下《希拉诗和水妖》和上面提到的三个标题下的画作，藏在衬衫底下夹带出馆（这是一本禁止外借的书）。登记书籍外借的小姐微笑着目送我走向出口。这位脸上长满雀斑、戴着深度近视眼镜的中年女人拥有处理例行事务的柜台气质和独自看守一栋乏人光顾的庞大建筑物（博物馆、展览馆、纪念馆……）的腐气和巫术般的能力，不必靠资料就可以立即指出你需要的哪本冷僻的小书搁在哪一排书架上，对我这位熟客时常表现出一种陌生人的默契，那是走进经常光顾的餐厅被默然地领向惯座的默契。我假装没有看见她的微笑，怀着轻微的罪恶感走出图书馆。为了进一步了解希拉诗，我继续回到图书馆。

宙斯之子、希腊英雄鹤秋力咒为了赎补误杀妻儿之罪接受神谕替尤狸萨尔士[1]国王完成十二项苦役，有一次饥渴交加的英雄路过农夫第奥达玛斯住家向主人索讨饮食时，因为受到辱慢而用橄榄棒敲破对方头颅。当英雄用犁具生火及烧烤耕牛时，第奥达玛斯的十岁儿子从外面游荡归来。英雄爱上他的美貌，纳作侍童，就像背在身上的弓箭和巨棒一样朝夕不离地携带在身边。这位美丽侍童就是希拉诗。

鹤秋力咒是希腊神话史上最强壮的人物。他身披狮皮斗篷，头戴狮头帽，充满攻击性和追逐性的野兽架构完美地呈现在躯干中。当他挥舞木棒时，所有奥林匹斯山下的战矛都在颤抖。没有凡人拉得动他背上的巨弓，除了本人弓形般挂在胸上的肩架。那是射弋的肩。斜方肌像山脊耸立在肩膀上。阔强的胸肉、背肌、臂力和打桩力使他成为

---

1 即欧律斯透斯（Eurystheus）。

全希腊最伟大的弓箭手。这位暴躁、自大、智力普通、感情充沛的斗士，以睥睨战友的战斗力、敲碎活人的头颅和在死人堆中酗酒为乐。他的血腥念头没有一刻不在蠢动。当他啃完一根羊骨时，必然随手一甩，用强大的抛掷力打下一只飞翔中的野鸭或水鸟。"我又掷中它了"是他杀死无辜动物的口头禅。他只屈服在神力之下，同时蔑神、亵渎一切超自然力量及动辄杀人的个性使他在灾难、折磨、忏悔和赎罪中度过一生。他爱希拉诗若狂。

　　迈入少年时期的希拉诗是最受鹤秋力咒宠爱的随从，他追随主人参加过无数大小战役，在狼群狞视下和主人一起生吃熊肉，啜饮调着野薄荷的葡萄酒。当他戴上亲手织成的花冠，身披饰着桃金娘及桂叶的红袍替主人整理头发时，有人就会想起黄昏时坐在门口梳理羊毛的希腊姑娘，而把他误认作女孩。国王以黄金、珠宝、畜生及女奴向鹤秋力咒换取这位美少年，他适合在国宴中替女宾客斟酒和听候差遣。少女拿着百合和玫瑰守在他经常走过的街道上。他美而谦卑，血色饱满的少年体格蕴含着带腥的、爆炸性的发育量。忧郁使一双眼睛显得干净而饱满。当他吮食羊乳或蜂蜜时，嘴角带着苦味。他的脸色苍白，眉头总是不经意地蹙着。不擅微笑的希拉诗抬起困窘的眼神迎接一阵粗鲁的、强大的、淌口水的和带口臭的吻。

鹤秋力兕没有看到一种闪烁而隐晦的厌恶。他经常像巨犬舔着少年的脸，在一次粗野的搂抱中甚至折断对方两根肋骨。他嫉妒女人和同性对希拉诗的示爱和赞美，当他因为猜疑而发怒时，只有希拉诗才能安抚他的巨棒。这个没有耐心学习音律而用四弦琴敲破音乐老师头颅的莽汉，尽管曾经一夜之间使五十个女人怀孕，却禁止希拉诗亲近女人，而且准备将希拉诗训练成伟大的战士。他倚在船舷上，用希拉诗的小匕首剔牙，想象自己老迈时和希拉诗隐居在一座猎物丰盛的小岛上。

长期追随主人探险使希拉诗拥有丰富的航海经验，海洋是当时的主要交通媒体。希拉诗熟悉各种天气变化、季候风、分布在每一个海域底下的礁石和漩流。凭着夜晚的星座躔度，他知道什么时候提醒水手换班轮值。他的五官流驰着来自遥远航海世家的方向欲，休憩时不经意地北眺。因为待在海上比待在陆上的时间多，视觉没有焦点。少女发觉当他凝视某种东西时，眼神就像看着海洋一样散漫和疲乏，即使看着她们的时候。希拉诗一手抚着腰上的

青铜匕首和大卫王幼时打败巨人的投石器，一只插着麾羽
的希腊战盔递送到眼前。那是主人送给他的战利品。他用
另一只手挨着黯淡的钢质，同时避开一群从神庙列队走出
来的少女眼光，喉核因为痛苦而抽搐着，腐蚀胸廓的潮声
从体内升起。

他想起使梦中的家具、酒瓶和橄榄树摇晃的海洋。他
想起摇篮曲和母亲摆荡在丰富的油脂和乳汁中的柔软胸
部。海洋使他冥想，使他深沉的眉间响起哲鸣。人鱼躺在
神性的岩石上，身边的珍珠和红珊瑚散发出启示的光。怪
鱼展翅发出笑声飞出海面。他想吃一口煮熟时坚硬而巨大
的水禽蛋。史前生物活跃在多雾而无风的海岛上。他想起
绿玉般的树蛙，肩上绣着蜥蜴的土著，神秘的印度树。他
想起住在偏远海岛上的女巫萨嬉[1]，她挥动魔杖，把来到岛
上的男人变成供使差遣的家畜。他想起海上女妖赛莲[2]的
呼唤。她用娼妇般的歌声扰乱航线，迷惑水手跳入海水
中。他想摆脱鹤秋力咒的纠缠。

一束蔷薇递到眼前。他把少女送给自己的祝福踩在脚

---

1 即喀耳刻（Circe）。

2 即塞壬（Siren）。

下，脸上闪烁着爱情轻蔑者的痛苦和悔恨，他知道只要嗅一下花朵就可能送走少女的生命。

他无意做英雄或斗士，但是不管走到哪里，只要活在地上，鹤秋力咒就可以把他找到。他很早以前就想摆脱主人巨大而可怕的束缚了，不仅摆脱使他骨头发疼的拥抱或是变态的啜吻，也不仅奴隶的身份，还有来自各方作为英雄的期待和压力、现实的嘲笑和命运的拨弄……

改变命运的一刻终于来临。过完十七岁生日后，他和主人来到依奥歌斯市，准备搭乘由当地青年王储杰逊[1]领导的阿果号船舰到东方冒险。自从杰逊叔叔篡夺了应该是杰逊继承的王位后，因为担心侄儿觊觎王笏，命令他到遥远的科基斯[2]寻找至福的金羊毛，想趁此机会一举除去侄儿。曾经有数以万计的勇士寻找过金羊毛，但是没有一位活着回来过。那是一段充满灾难、诅咒和死亡的旅程，一条巨龙守候着金羊毛。杰逊勇敢地接受挑战。他聘请建筑师搭建有史以来最坚固的船舰阿果号，招集人才共享荣耀。阿果号的水手全是当时希腊最有名的英雄。鹤秋力咒

1　即伊阿宋（Jason）。
2　即科尔喀斯（Colchis）。

尚未完成十二项苦役，为了表示对神谕和尤狸萨尔士国王的轻蔑，他加入无谓的冒险。

依奥歌斯的少女含着慕名的眼泪赶来。她们打着赤脚将深红色的白头翁撒在希拉诗走过的街道上，那是一位青年即将逝世的表征。依奥歌斯市民相信全船水手即将殉难。阿果号启碇时，杰逊请希拉诗将金杯里的祭酒洒入海水中，祈求劫持过美少年的宙斯赐福。码头响起送别队伍的哀歌。希拉诗靠在槛木做成的桅樯上，身边摆满少女赠送的粮食：大麦饼、蜂蜜、无花果、芝麻、橡实、松核、罂粟籽。对希拉诗来说，航程已经结束，他的脸上充满久游归来的倦容。

希拉诗的美和处男的圣洁吸引了英雄们的注目，但是只有极少数人看见笼罩着少年的死亡阴影。深谙鸟语的莫苏士[1]皱着眉头聆听停在希拉诗身边的不祥水鸟的鸣叫。林考斯[2]对希拉诗说着慈祥的言语，他有一双可以透视海底和水平线尽头的神目，启航前的欢送晚宴中，林考斯看见一群饿鬼化成鸟兽食吮祭坛上的牛血，一只没有吃饱的

1　即摩普索斯（Mopsus）。

2　即林叩斯（Lynceus）。

巨蟒在希拉诗身后吐信。海豚没有随着希腊最伟大的乐师敖斐士[1]的琴音起舞。

阿果号驶过特洛伊城，贴着黑海南岸前进。那个晚上，船舰泊靠在一座被珊瑚礁环绕的岛屿上，一直等待机会逃走的希拉诗听见岛上传来了水妖的歌声。将近天亮时，他用一双失眠的眼睛在船头张望，发觉苍穹出现反常的天象。南方依旧灰暗的天空中，同时闪烁着秋季的卡喜鸥蓓星座和夏季的武仙星座，而原位的白鸟星座的一等星花玛卢赫特和卡喜鸥蓓星座的一颗小星重叠。三个星座下方响起永恒而母性的水妖歌声。他想起某个少女写给他的一行诗句，同时闻到从脚底涌上来的酒味，那是从装满美酒作为压舱物的大陶罐中传来的味道，他整个晚上就在酒香中辗转，在酩酊中醒来，现在他仍旧沉浸在一种如梦的宿醉中，偶尔他会闻到把帆布涂抹成海草颜色隐晦敌人视线的乌贼汁臭味和漆满船身作为防水的松脂的香气。他嚼着无花果和罂粟籽，用匕首在一根桅樯刻下自己的名字、生辰和忌日。

1　即俄耳甫斯（Orpheus）。

鹤秋力咒和船伙因为划了一整天桨，此时还在睡梦中翻身打呼，就像尼罗河畔的鳄鱼在饶沃的泥泞中休憩和打滚。希拉诗拿起青铜壶，告诉值班水手上岸汲水。他踏上长着蓟草、番红花、鸢尾花和风信子的草地，避开柏树下奏着四弦琴指挥鼬鼠跳舞的敖斐士，走进阳光渐渐稀少的林荫。凉爽的林荫和花草的芬芳使他步履轻快。他踩着麝香草、百里香、迷迭香和樱草属植物，迎向水池中一群微笑的少女……

5

一个在学日的早晨，潮声催促我做一个早起人。我骑着脚踏车出门发觉距离上课时间还早，手把一拐弯向海边。路上出现三三两两的晨起者，从他们身上流露出来的勤奋和清醒意识隐约标示出一种不可侵犯的学习规范，彼此的简短交谈也像是某种箴言。打开今天的早报，你知道有关昨天夜晚发生的种种恶行：酒吧和街衢的殴斗、绵延的海岸线的走私、公路上的惨烈车祸、一个妓女在旅馆房间被分尸……一律和他们无关。他们的劳碌和忙着生产、忙着使社会秩序正常运转、忙着效率和成就使夜间的活跃者拥有更多更自由的犯罪空间。坏人都有一对勤奋工作和安分守己的父母。

显示着某种隐秘谛念的蓝天和遁世的云朵浮现在面向海洋的方向。这是一个五千人的小镇，中国人、马来人、印度人、白种人和被称作达雅克、加央、拉比族的土著以一种法律、数种语言、风俗习惯、传统和思想互相迁就和疑窦，如果没有闻名世界的石油公司在此地设立炼油厂和在海上搭建钻油平台制造稳定充裕的就业机会，这个衰弱的小镇恐怕会在热带雨林和鸟禽侵袭下回归蛮林。石油是居民的命脉。现在我正骑过雄伟而露着资本家傲气的炼油厂。

纯白的钢铁森林像竖立在冰天雪地的怪异世界，耀眼而骷髅。庞大的圆形和椭圆形贮油库，仿佛可以随意弯曲的输油管和像伸缩喇叭按键的物件，类似机械人头脑里的冥想世界。二次大战时，这座炼油厂的前身使日军选择此地作为登陆整个婆罗洲的滩头堡。热带的战争时常在我脑海里浮现，惨烈的硫黄岛之战、丛林的肉搏战、拂晓出击的"虎虎虎"机群……战争和夏天、炎热、蛮林及背叛的美女……我经常想象自己和某个神秘部队并肩作战，为某个神秘国赴死。我的头颅洒着血潮弹离身体，晕眩而快速地想起即将弃我改嫁的未婚妻……

她在沙滩上踏着种马散蹄优雅有力的步伐。我把脚踏车停好，站在一块漂流木上远眺沙滩上印着波浪似的纹路，像巨人额头上的烦恼纹。冷肃的天、荒凉的沙滩和仿佛弥漫着药剂味的海洋，极像核战浩劫后稀释着原子落尘的二十五世纪，此时文明正在沉沦，蛮古尚未苏醒，蔓性草本植物正从着根地抽出好斗的嫩芽，女人从地上站起来，她们披着兽皮、挺着丰满的乳房和神秘的胎盘开始重新孕育人类。她们像生命力坚强的多肉质草本植物：仙人掌、魔星花、绿之铃、爱之蔓、龙舌兰、雪绢、弦月、李夫人……

雪白的衬衫、鞋袜和天蓝色的裙子是我们学校女生的制服。她比一般女生壮硕高大，古铜色的皮肤和剽悍的肌肉显示着阳刚和希腊式健康，使人马上联想到马拉松、标枪、铁饼、铅球、摔跤等等肢体运动。粗壮的腰杆和像勺背凸起的小腿肚子仿佛是粗率地生长出来的肌肉，臀部有

一种来自畜栏的气味和活力，阿奇里斯[1]踵像充满弹性的
羚脚。她的头发比一般女生长，裙子比一般女生短。适合
挥舞铲子、铁锹和斧锤的手臂配合一种粗俗音乐似的摆荡
和扭曲。她的背影使我想起开学一个月来靠窗腾空的座椅。

　　根据人体构造设计的学生桌椅，对迅速发育中的高大
学生来说太小，对受了遗传或营养不良的矮小学生来说太
大，大学生和小学生在一堆冰冷的木架子中驼背、近视、
肥胖、慵懒、打瞌睡、意淫女同学胸部、玩屌。腾空的桌
椅像被软骨生物遗弃的壳身，桌面残留着被天才的刀片划
过的刃痕和智障般的原子笔字迹，像一批临死前的受害者
仓促写下的被杀肇因和凶手线索的复仇讯号。可疑的黑
板、讲台、墙壁、天花板和窗景，构成像机舱一样狭迫和
不稳定的学习空间。知识不停地塞给你，像空中小姐殷勤
地把美食送到乘客面前。

　　我看着漫步沙滩上穿着女学生制服的背影。蛇行的流
动美和意外，游丝蚓群戏水时没有规律的划一与和谐。背
影的主人适合发动流产学潮，制造一个"××事件"的历

1　即阿喀琉斯（Achilles）。

史名词。

学校更加阴森，制度更加茂盛，权威更加膨胀，历史和地理更加腐臭和荒芜，只因为她的制服太不像学生的制服，她的头发太不像学生的头发，她的体格太不像学生的体格，她走路的姿态太不像学生走路的姿态。她有太多的傲气和亚马逊女族的因子，举手投足之间流露着天真、坦率和豪爽，以及大型动物的稚气和良善。传奇性的侧脸、过渡性的妥协、创世纪的战斗、非现代的阅历和非现代的功勋使我想起土著原始创生神话人物。

回到教室后，我看见一个女生坐在开学一个月来靠窗腾空的座椅上，凭着那熟悉的背影我知道她就是今天早上在沙滩上漫步的女孩。我们的教室在二楼，左边玻璃窗外飞扬着一排热带柳，茂盛的绿叶形成天然的遮阳屏风，教室经常笼罩在像是绿晕的不良气色中。树叶不时发出讨厌的互击声，鸟禽声也不挺悦耳。偶尔一片叶子从窗口飘到某人桌面，一只不表示欢迎的手马上拨到桌子底下。右边窗外即是灌木丛和常青乔木阻隔着的南中国海，海潮再响也只有增加午睡的甜度，扬帆的浪漫只会引起某种神经质。年底的高中升学会考逐渐迈近，学校甚至倒数计日提醒我们备战，有信心的同学一点也不紧张，没有什么希望的同学更加懒散地放弃希望，只有徘徊落榜和上榜边缘的家伙像先知承受着压力，茫然而悲剧性地翻阅书本。

安娜·黄是血统纯正的中国人，从小在异乡长大和接受英式教育，讲得一口流利道地的中文，连我们一向马虎应对的四音、ㄓ和ㄘ的区别等等也分辨得一清二楚。她被母校开除学籍休学一年后才入籍本校，年龄比我们大了一载。我们的资料来自各种生动活泼的蜚言，像绝种动物的生态研究报告：她教唆流氓打老师、她参加不良少年帮派、她恐吓女同学、她用小刀刺伤男同学、她焚毁老师的机车、她拉拐教务主任太太到郊外殴打、她在夜总会里酗酒、她在禁止未成年人出入的风化场所里被警察逮捕……在我们的眼界里，她是报章上登载的滋事、偷窃、殴斗、蓄意杀人和恐吓事件中被故意隐瞒姓名和在新闻写真中被黑色线条遮住眼睛的犯罪少女。她在警察局里有一张散发着糨糊味道的档案照片。她的背上有一块被刑求[1]的瘀痕。以保护和自新为前提，她的过去被校方善意地隐瞒着。我

---

1 刑求：台湾用语，指刑讯逼供。

们当中有一些人没有恶意地等着她继续犯罪，等着过去一度和她有过亲密关系的什么单位用手铐带走她，在一个炎热的和充满拉扯、暴力、壁虎呼哨、侦讯术语的夜晚里，档案资料嗦嗦嗦地翻腾着——一个陌生、怪诞，充满阴谋和仇恨但是对我们来说不是完全没有吸引力的世界。叫我们这群水手忘记潮湿的、走私和临检频繁的港都情调是不可能的。

对她的族类来说，一个罪行就是一个勋章。上课第一天，"旷课一个月"的优异表现使她获得一个荣耀的申诫，然后是一连串来自黑暗部落的嘉勉。她在宿舍里抽烟和喝酒、她不满伙食而掀翻一桌子菜肴、她夜归被摒弃门外时用石头砸破半打以上的玻璃窗、她每天晚上被一群机车骑士载走时闹得宿舍内外像嘉年华会……两个星期后，她被逐出外埠生寄住的学生宿舍。她一径旷课、迟到，不把老师看在眼里，就像老师不把她看在眼里。实在不像话时，老师会把黑板擦响一点，把我们这些倒霉鬼骂响一点，把老婆孩子打响一点，只有绰号"恐龙"的英文女老师（她重达九十几公斤，站在讲台上几乎遮住半个黑板；在动物园里，她肯定属于"非洲草原食肉大型动物区"）因为一篇作文和安娜在课堂上较量过，在喧哗的校长办公室中，安娜被记了一个大过。我们在布告栏看见"邪恶帝国"颁发的奖状上面写着"侮蔑师长，言语不当，态度顽劣"等等颂词。作文是我们在班上一块完成的作业，题目是"我最敬爱的人"。一位从高中部毕业后即担任校长秘书的学长在一次闲聊中告诉我们，那篇"大胆、下流、猥亵"的作文，是一篇不适合少年人阅读的东西，里头甚至出现卫生教育课本中排泄器官的名词。"举例说明吧。""是像《十日谈》那样的东西吗？"学长立即露出宦官似的苍白笑容，回到和后宫一样闭邃的校长办公室旁边的秘书室去，那里像松鼠收集冬粮储藏着各种丑闻。

惊人的运动天赋使这座声誉辉煌的学校接受了她的入学申请，这也是老师一再容忍她的其中一个原因，从本镇唯一的大学先修班学院黜降到本校屈就的新校长急着展现治学成效。安娜在半个月后举行的全校运动会中囊括了初中部女子组田径项目的十个冠军，成绩比高中部女子组出色，有三分之二的项目打破全省初中纪录。学校希望安娜率领本校摘下两个月后的全省中学运动会初中部女子组团体锦标，如果男生争气一点，初中部总锦标也是囊中物。她的十个冠军抵消了种种申诫、小过、大过，但是她已经在那个黑暗王国里获得了不能动摇的爵禄。她在运动场上的信心和气势来自优异的体型和黯淡的生存欲望，像在出没地被警告牌宣扬势力和劣迹的吃人巨兽。对"恶贯满盈"的安娜来说，任何过错都可以迅速得到校方谅解和忘怀，只因为他们必须铸造更多但书来容纳安娜以后更严重的过错，就像中世纪的殉教处女不会在一次刑拷后就死去，她们总是一夜之间获得奇迹似的痊愈，这样她们才有能耐接受第二天更严酷的刑拷。

6

我坐在从绿叶屏风数起第二排座椅上，左前方隔着两张座椅和一条甬道就是安娜的座位。对异性气味的过敏和排斥随着尴尬年龄的来临像胡子慢慢生长出来，肉体和第二性征的增加对庄户青年和村姑来说快速而开放，但是一旦加上知识的大坛酿制后，那缓慢和密封的发酵过程就不免显得干瘪和变质了。他们因为口渴而大口喝水，我们带着罪恶感小口地品尝禁酒。你只要屡次提起一个女生的名字，就可以戳破薄弱得无处着力的禁忌之膜，你发觉自己被同性带着谅解意味地疏远。我们像是围棋谱上的黑白棋子，以两种颜色各自盘踞教室的每个角落。两性斗争不动声色地进行和模拟着。当我凝视左前方那一道严谨的防御阵线时，当我被沉稳的炮台慑住时，当我迷惑于那一条绵延而扎实的壕沟时，当我猜疑着看不见的陷阱和仿佛逐渐扩大的封锁网时……

她倚着椅背和窗栏仿佛全身布满午猫的神经系统，小了一号的学生制服渗满即将转化成活动能源和汗汁的肌腱和油脂，像汲满雨水的云体。当她肘桌以肩胛骨和脊椎骨将背肌撑起来时，肩膀驾辕似的往前推进，下颚以抛送铅球的姿势昂起，那肌腱蟠虬的背部像浪涛凝固在动摇的桌面上，仿佛一面雕刻精致的战斗的盾牌，木椅随着上半身的浮升而立起两只前脚，腰部、臀部、腿部则随着脚丫子的踮立而转变成一百公尺起跑姿态。她的手臂曲成一个勾拳的呐喊肢干，十指交叉的手掌自戕似的握着匕首刺向前胸。

耳环洞使人想起另一个安娜。传说、堕落和叛逆在安娜身上闪烁：亮晃晃的白皮鞋、图案花俏的白袜子、银色的蛇形手镯子、色彩艳丽的发夹、俏皮的胸扣、残留着蔻丹的指甲、若有若无的香水味道。当她从像是书包和手提袋的包包里拿出梳子和小镜子梳发和抹鬈时，一种罪恶的热量从优雅的手势中走闪出火花来。她的新潮夜行装屡次被舍监口头指正。离开宿舍生活后，一种更自然的夜出晨归的生活形态正迎合她。当晚霞还在热带雨林之巅残留着一抹赭光时，一个少女推开住处的房门走向向晚的街道。她有一身黑白系列的装扮：黑色高跟鞋、黑色手提袋、白色迷你裙、白色抹胸和白色狐首环扣的黑腰带。稚气的脸上涂抹着口红、腮红和绿色眼影，微微扬起的下巴充满天真的倨傲和矫作。一头黑油油的长发梳向一边垂挂着半张脸，帅气地露出一只炯炯有神的眼睛。在烟雾迷蒙、灯光昏暗的酒吧里，她坐在吧台前面一张旋转椅上，嘴角故作成熟地叼着一根 Dunhill，手里端着一杯血腥玛丽。一群酗酒的、口吐脏话的男人在她身旁打转。她的手越过一个男人的肩膀，从男人手里握着的扑克牌抽出一张查理曼大帝黑桃 K……

上课的第二天安娜在靠近自己座椅的窗栏上放了一个盛满清水的墨水瓶，每隔几天就会携来一朵鲜花插在墨水瓶中：紫水晶、勋章菊、千日红、不凋花、朱枫、报春花、繁星花、美人樱、紫茉莉和各种不知名的小野花。不待花势稍衰，安娜就会插换新枝，就像美术馆更换展览品。花材从来没有败坏过、萎靡过。这是安娜向阳的一面。上课时她经常肘桌掌腮，精致地、童趣地、若有感触地凝视插花。偶尔她那像枪膛的、深邃幽黑的眼眸放射出一种充满胁迫的凝视，绽开得生气盎然的花瓣有一种被惊吓的意味。

太阳从绿屏风漫入教室时，安娜展腿伸腰的姿态就像一棵向阳植物，连插花也响应主人似的向阳。我喜欢观赏安娜全心全意迎接阳光的模样。她的头发、眉毛、睫毛、瞬膜、鼻翼、嘴唇、耳叶、汗毛、汗毛孔、手指朝着阳光摇摆，神经系统垂曳性地拐向东边，连五脏六腑也竖立起来四面翻晒，像雨后向温暖的阳光展翅剔翎的喜鹊，她不停地甩头，捽发，挪动坐姿，好像要把昨晚沉淀在体内的烟酒味和各色人物的体气尽情地抖掉、刮掉、清洗掉、蒸发掉。我向第一个用沐浴形容日晒的人致敬。当她痛快地整肃一阵后，随即肘桌掌腮凝视插花，但是身体仍旧慢慢地蠕动，装饰性地向窗口蔓延过去，调整到最自然、最不费力气的憩息状态。这是防御力和警戒性最低的一刻，在男性化的外壳下，我仿佛看到一个娇弱的安娜和一种轻快的孺愁，她的姿态使我想起十七世纪法国画家拉佛斯的名画《克丽蒂[1]仙子的化身》。这是描写暗恋太阳神的水神克丽蒂化成向日葵的画作。年轻的克丽蒂倚靠在海边的岩石上遥望向晚的天空，遥望自己热爱的太阳神赫利奥斯[2]在云端上驾驭马车逐日。一棵向日葵从脊梁里茁壮……

耳语的指令在我身旁响起。我迅速检视一遍成吉思汗的广大领土，合上课本，回到我们没有绝对、没有权威、没有箴言的小王国。凝视、手势和虚无在我四周活跃。我们随着一位发出密帖的陈姓同学走到楼下，像一群在酒吧里以约定暗号走到街衢晤谈的帮派组员。

"波特莱尔[3]说倦怠是人类最大的罪恶，但是倦怠和闲暇只有一线之隔，没有闲暇，天才的头脑怎么闪现得出伟大的火花呢？贝多芬在乡野散步时写下田园交响曲的草稿。对我来说，毁谤、诬赖、进谗才是最大的罪恶，语

1　即克吕提厄（Clytie）。

2　即赫利俄斯（Helios）。

3　即波德莱尔（Charles Baudelaire，1821—1867）。

言、文字、书本才是最犀利的犯罪工具，没有这些东西多好，没有政客、弄臣、传教士、演说家、著书立说者多好，让我们用眼睛和手势交谈。凝视可以拆穿谎言。一只秃鹰对同类所能撒的最大谎言不过是骗骗它嘴里的食物。你试试看不用嘴巴说谎，或者你试试看对一个俄国人说谎。今天我要告诉各位一件有关安娜的最丑陋谣言。"陈同学边走边东张西望地说，颇像博物馆向导对游客展示铁一般的物证和不可能辩驳的教训。

在上课钟敲响以前，我们假装被牵制在一种课程表以外的东西中，麻木地循走某种路线犹如一群放风的囚犯。在树丛和屋檐的双重遮掩下，我们必须穿过一条阴暗、嘈杂、冗长和笔直的走廊。走廊的右边窗外是一片黑漆漆的树腹，左边教室的窗口辉映着另一种暗郁，摇晃的眼睛像果实，有一些手像枝丫又摆到窗外，驻守在座椅上的人偶尔会像叶子在固定的摆荡范围内拥挤和喧哗。当我们感染某种骚动时，我们会互相挑斗和追打，让走廊在我们的喘气和轻眩中像吊桥浮晃起来，引导我们寻找一个和球场不同的没有规划过的冒险乐园。对满腹心事、考场失意、操行劣等的学生来说，这是一条漫长的和羞辱的旅程，他们充满追逐感和悬荡性的身影犹如被秘密警察一点也不避讳地跟踪的思想犯，被迫走向一座政治暗杀的电话亭。

我们走到楼下庭园一棵热带柳樾荫下。麻雀在我们头顶不到一公尺的枝丫上筑巢，它们的窝穴遍布屋檐、篱笆、电线杆、灌木丛，现在侵略到我们密谈的地点。这儿大抵是我们探触的黑暗王国的极限。如果你想抽烟、展示春宫照，你可以进一步走到实验室、厕所、图书馆、体育馆、脚踏车棚后面，那儿有鼠穴和蛇窟。如果你想策划一个短暂的和不流血的械斗，你可以深入到足球场那头被一片灌木丛阻挡着的空地上，那儿有飞沙走石、毒热的太阳和呼啸的空间，那儿你得找一个名声不太坏的家伙站哨岗。

"你们知道安娜为什么离开从前的学校吗？"陈同学卖弄专业知识似的说。他的功课始终保持班上前五名，喜欢啃读不适合他的年龄的和理解范围外的书，说话时也就排泄性地显露出胃口和养分。他显然挖掘到可以嚼舌的材料，收敛起少年人幼稚的兴奋，傲慢而得意地斜倚在树干上，像一个被上司秘密奖赏过的特务。"对我们来说，对全校师生来说，她很坏，甚至是一个彻底的坏女人，这已经不是一个秘密，是吧？但是坏本身就是一个秘密，因为好事情终究会被公开，而坏事情即使被公开了也是秘密。秘密一定要真实。我们姑且说它是谣言吧。谣言永远是丑陋的，就像秘密永远是坏的。我只负责传播，并不负责证实。安娜从前和一位男老师恋爱，经过一番朦胧状态后，她怀孕、退学、生下小孩，第二个学年转学到本校——理由不详。男老师是个有妇之夫。"

"这是有可能的，各位注意她的身材，只有生育过的女人有那种胸部和屁股。"一位余同学说。他喜欢发表诸如女人五官什么模样，身上某个地方就会长成什么模样等等骇论。有一次他告诉我们女人行经时就会长出大量头皮，奉劝我们敬而远之，因为经血的味道会使男人智力衰退。当他技术性地回避女同学的头皮时，我们就以神秘的默契呼应他的举动。他的数学不坏。

"我也听人说过。"一位以热带柳叶子编织成笛子凑到嘴边吹奏的同学说。此人喜欢读诗，特别是浪漫派诗人的作品，右脚在一次车祸中受过伤，自命拜伦，喜欢找人比赛足球，自信用一只健康的脚可以击溃对手。"上个星期天我看见她从一家玩具店走出来，手里拿了一个拨浪鼓。"

"生过孩子的人有这么矫捷的身手吗？"这位同学家里订购了《生活杂志》和《时代周刊》，经常将该期杂志悬搁在抽屉口炫耀。

"有的。你没有看到不少妈妈选手摘下奥林匹克金牌吗？"陈同学认真地回答问题。

"她亲自抚养孩子吗？"拜伦说。

"不知道。你不妨打听一下。"陈同学说。拨浪鼓使他既惊讶又得意。

"应该没有吧。别忘了她当了两个星期住宿生。"余同学说。

"据说她现在住在亲戚家里。"陈同学说。

"我还是不太敢相信她生过孩子。"《生活杂志》和《时代周刊》的读者说。

"她亲自哺乳吗？"

"你只对这种事情有兴趣。你看着她时，就像一个想吃奶的小娃娃，听说你小学时还在啃拇指头。"

"你看着她时，就像撒了一屁股尿屎想换尿布的小卤蛋。"

"你爱上了她。你看到她就脸红。"

"放屁。你才脸红，红得像狒狒屁股。"

"你才放屁，你红得像狗屎。"

"你红得像辣椒。"

"你红得像番茄。"

"你红得像西瓜肉。"

"你红得像草莓酱。"

"两位少年英俊，辩才无碍，但是让我们回到安娜妈妈身上。"陈同学说。

…… ……

我想起安娜从墨水瓶里拿起弃花然后仔细用卫生纸包扎的模样，忽然觉得适合驾驭重型机车的胳膊瘦小得像一块 Lux 香皂。

7

那个周日下午五点我看见安娜穿着运动衫、短裤和跑鞋在沙滩上练跑，我手里拿着一本企鹅出版社的袖珍英诗选集和星洲出版社的《红楼梦》四十一回至八十回本书，把脚踏车停靠在檵树腰杆上，从风声盈耳的树荫下走出来。像兵士随手背枪，带着书本到海边来只是下意识的举动和附带动作，并不表示我想看书。通常我把塑胶袋包扎着的书本拎在手里，脱了鞋子在沙滩上走动，拾几粒贝壳，抓几只螃蟹，追逐浅滩上的小鱼。安娜在大约七八百公尺距离内来回练跑，那儿正是我平日游玩的范围。柔软的、炙热的、富弹性的和金黄色的沙滩仿佛好搂的婴儿胴体沿着海水和枞树植地蔓延伸展，就像大地剥掉皮壳后露出的肉身。沙滩容易使人想起人类的胴体。沙滩的多样性就像人类胴体的多样性，有肥腻、瘦弱，松弛、结实，苍白、红润，优美、丑陋，公体、母体。眼前这片沙滩仿佛横七竖八地躺着一群活跃在人类潜意识和湮远星际战争时代的巨人尸体，我看见类似肋骨、脊椎骨和肩胛骨的凸浮面，以及鼠蹊、肩膀、臀部、胸肌和腹窝等等形状和线条，还有一些咬啮性、披戴性和拖曳性的非人性器官。音乐性的起伏有致。我对风景做了一点即兴联想，准备打量安娜在沙滩上奔跑的英姿时，忽然发觉安娜已经大模大样地站在我面前。从短暂的摆动余幅看来，她刚刚站稳脚步，就像老鹰降落在枝干上时展现的收翅和平衡动作。

　　"喂，雷恩——"她以一种被亲昵地捏过下巴的神态叫了我的英文名字，并且歌唱般地拖成长长的字音，物化成柔软的长颈鹿脖子从灌木丛和常青乔木探伸出去。夏云、蓝天、地平线以即兴和短考的图画风情在我视野里拓展开来，五节芒、两耳草、水蜈蚣摇曳在安娜的阴影中。

　　同窗一个多月来，我和安娜始终没有用言语或微笑、点头之类的肢体动作接触过，即使两只各自霸占生活领域的同科属动物在边界相遇时也会威胁性地凝视对方或做出感觉。我做作地露出被打扰的和略微不愉快的神情。

　　"雷恩，和我赛跑好吗？"她用一种孩子气的口吻大声地说，耸起左肩，歪着脖子，像鸟类别翎在衣袖上擦拭脸颊上的汗水，随即扭到另一边，像猫抚靠外物去痒把右颊贴到右肩上揉搓，忽然又弯下腰来用两手塞起运动衫下摆擦抹脸面。她像海藻一样柔软的头发、红润的脖子、适合铠甲覆盖的胸、可以展现探戈幽情的背、让猎鹰伫立和俯就的阔肩、悲壮的臂膊全都浸淫在刚刚蒸发出来的汗水中，凝留在脖子和臂膊上的汗汁像木本植物茎干分泌出来的透明的、晶莹的树脂油。我闻到浓郁而收敛性的天然胶汁的香味。像一个躲到屋檐下避雨的人，安娜安静而迅速地做着一连串风干身体的动作。她虽然停止了运动，身体却像雨后的树丛淌着积水。她的行动、她的气味、她的肉体、她的野性和美已经和天地融为一体，仿佛蓝天、白云、海洋、沙滩、枞树林就是她，她的讯息无所不在，而我就在她的无所不在中，就像泡在海水中忽然发觉身边涌起一个浪头，她就这样神秘地出现在我面前。在这以前她已经像海洋包围着我。

"喂，和我赛跑怎么样？"她再一次几近野蛮而无理地说，继续弯下身子用运动衫揩干头发，背力、臂力、腰力、腹力、臀力像五条蟒蛇沿着全身蜿蜒到背部来，从后脑勺延伸出来的脖子像沼泽地里的气生根植入背肌里，脊椎骨像翻船后的龙骨隐约浮现在水面上。

"赛跑？"我挤出愚蠢的呼应，脚丫子没入炎热的和柔软的沙滩中，"我——我跑不赢你。"

她忽然挺直腰杆，用手掌上的十根肉耙子向后梳拢头发，昂起下巴睐视我，仿佛一朵花蕾在我面前进裂开来，那五官严整的花序，向后伏贴着的发瓣，挺直的颈轴，第一次没有半点遮蔽地向我展示，逃学、被开除、犯罪、放逐、记过、械斗等等陪衬和点缀着安娜的美——阴的、负面的、败坏的、难以言喻的美。情妇比妻子妩媚，童话故事中的丫鬟比小姐好看，拥有神秘的异国风情的"二等国"是最受欢迎的旅游胜地，不受欢迎和有毒的生物是最鲜艳的，智慧比人类高出数倍的外星人不如潜意识中把自己贬为二等生物的人类漂亮。坏学生安娜比好学生更像学生，因为坏学生更适合学生手册的定制，因为好学生毕业后就会被人忘记学生身份，而坏学生永远让人想起求学生涯。安娜是移土种植的苗株，迫不及待地渴望广大沃土发展的繁殖体和像男性隐藏式生殖器官的球根状态是野性的，我忘情而怯弱地以整姿过的室内植物情绪仰视她。我看见娼妓的眼、情妇的唇、侍从的下颚、奴隶的脖子、姜姨的耳垂、少数民族的颧骨、亚洲性质的凝视、非洲趣味的棕色皮肤、中南美政局的扑朔迷离……

"对，你是跑不赢我的。"她用手掌压了压颞部的发根，甩了甩头，一只手叉腰，另一只手拢起耳鬓来。深海以强大而缓慢的呼吸潜伏在胸前的汗水中，浅滩是染着汗渍的两片袖子和下摆。"没有关系，我让你先跑，可以吧？"

我把陷入沙滩中的脚丫子先后踉出来，两大撮细沙随风飘洒到五尺外；扭转了头，看着远方的水平线。"噢——

不，不必了，反正赢不了你。"

她向我挪前一步。"就算是陪我跑一跑吧，不要那么计较胜负，好吗？"

那种语气和声音使我不自觉地回过头来看她。像是在逆流中游偏了头的鱼儿立即遭受到更大阻力，我回到和逆流对立的状态。疏远安娜是太简单的事，你只要松一口气，就有一股力量将你推开。

"我对运动是外行。我跑起来很难看。"

忽然她的神情变了，露出一种独享的微笑，随即专横地遥指远方。"我们站着的地方是起跑线，那棵枞树是终点。我让你先跑三十公尺？"

"不必了。"

她不等我点头。从此地到那棵枞树大约三百多公尺，我机械性和吃力地操纵手脚一路落后跑到终点。我们来回比赛了四趟。我的呼吸、心跳和出汗率慢慢加快。第三趟时，她比我快一大截抵达终点，一手抓着枞树腰杆，将身体斜斜地倾向一边，像平衡船身时优美地操帆的风浪板操纵手，向我招手说："加油啊，雷恩！"我感觉大地倾斜。

我们继续比赛。她的手肘一前一后地摆动，肩膀一上一下地收缩。她的发梢向着我，背部嘱咐着我，被她的脚丫子踩得松软的沙滩酬庸着我，强壮的、稳健的步伐领导着我，偶尔她会掉过头来用天真的笑声回应着我。关节柔软、肢体轻巧、幅度平衡的仪态接近飞翔。

只有梅拉尼安[1]的金苹果可以击败她。我想起亚特兰黛[2]的故事，她是精于打猎、射箭、摔跤和竞走的希腊女英雄，在赛跑中击败她的男人可以娶她。世间没有这样的男人。青年梅拉尼安得到三粒神奇的金苹果，他在比赛中将金苹果丢在亚特兰黛身边，当她三次弯身拾起金苹果时，梅拉尼安才有机会超越她赢得比赛。"雅嘉第森林的骄妄者，"有一些书本这样描写她，"脖子上的披风嵌饰着闪亮的金扣，整齐的头发挽了一个髻，左肩垂挂象牙箭带，手中带弓——这是她的装扮。她的长相似乎太像女孩而不像男孩，同时又似乎太像男孩而不像女孩。"

我强忍着击向胸口的疼痛，喘着气、拭着汗回到交谈处，坐在一块漂流木上。

1　即弥拉尼翁（Melanion），也作希波墨涅斯（Hippomenes）。

2　即阿塔兰塔（Atalanta）。

"你跑得不错，雷恩。"当她站在我面前时，灵动地以拇指扣着运动裤带遥望沉寂在金黄色霞光的枞树林，就像刚刚读过《少年维特的烦恼》的拿破仑从虎帐里走出来时，用手按抚隐隐作痛的肠胃，带着知识性的骚动凝视激战过后的峡谷和平原。他的太阳穴有一道贯穿头盖骨的伤口。"你举枪自尽是对的，维特。"他想。

那个姿势和神情只是一刹那间的事，随后她继续以独享的微笑打量我。我展示惨白的脸色，甚至故意拖长喘气的时间。"以你的实力，想在全省运动会中夺魁是轻而易举的事，为什么到这种地方来苦练呢？嗯，对了，听说教练对你要求很严，是吗？"

负责训练中运会选手的男教练是去年才到本校任教的数学老师，一个三十岁出头结过婚的中英混血儿，年轻时代表过本省参加全国田径比赛，甚至曾经在东南亚运动会中摘下过短跑项目的奖牌，同时也是本省颇有名气的篮球和排球健将。母校地处偏僻，经费有限，没有能力聘请专任的体育老师，体育课程通常延请擅长运动的老师兼任。这位兼任体育课程的数学老师不但身材高大，而且面貌俊俏，站在操练台上带领学生做体操时颇有运动明星的架势。女学生对他的运动才艺和出众的仪表十分着迷。安娜露出黯淡的微笑，望着大海。晚霞逐渐趋向璀璨，蠕动的白云像啃着桑叶的蚕。她没有回答我。也许这就是答案。

我想再度航向海洋，航向孤独的海洋和苍穹，
我只要一艘高船和一颗领航星，
还有舵轮的后坐力，大风歌和摇荡的白帆，
海上的灰雾和灰色的破晓。

脑海里掠过约翰·曼士菲德[1]的《海之恋》。"听说你的练习分量很吃重，有人看到别的选手离开运动场后，你还在练习。"

"那是我自愿的，"不可理解的微笑瞅着我，"雷恩，你对运动有兴趣吗？"

"运动？"我几乎做了一个低俗的厌恶神情。

这一回她露出了解的和令人阔心的微笑。"你的体格不坏，如果能够固定做运动，一定很壮。我可以教你的。

---

1 即约翰·梅斯菲尔德（John Masefield，1878—1967）。

田径、篮球、排球、足球、羽毛球、桌球——随便你想学什么，教到你变专家，不过有一个条件，你的数学作业借我抄。Okey？"

我们的数学老师正是那位负责训练中运会选手的男教练，对我们的要求跟他训练选手一样严格，逢某位同学没有做完功课时，全班就会跟着罚写作业两遍。安娜曾经殃及我们两次。我对运动压根儿提不起兴趣，但是想起安娜在班上没有一个经得起两分钟咀嚼的伙伴，她的孤独、她的狂妄、她的申诫记录……

"好啊，"我脱口而出，"我的数学是班上前几名的。"

"勾勾手指头。"她天真地向我伸出食指，我也不假思索地伸出食指。我们用力地勾了勾。神秘的微笑和身体的接触使我们仿佛分派了谍探作业。

"数学、几何、微积分和标枪、铁饼、铅球、马拉松——这是希腊式的接合。"我想起安娜掷三铁时一声清脆的吆喝。

她发出几下响亮的笑声。"我先走了，雷恩，拜拜！"接近飞翔的身影一会儿便消失在遥远而浪涛滚动的海岸线上。我站在漂流木上目送。

我要回到海上去，因为那浪潮的呼唤，

是一种野性的、清晰的、不能背叛的呼唤；

我只要一个大风天和飞扬的白云，

还有浪花的冲击，泡沫的迸溅和鸥吟。

约翰·曼士菲德的诗句继续掠过脑海。沙滩上凌乱的足印，漂流木上用塑胶袋包扎的书本和海上的晚霞，仿佛等待速写的静物，仿佛已经入画似的永恒，仿佛为了维持画面平衡而刻意挪动和人工矫饰过，又仿佛为了强调质量感而在入画时夸张了造型，反倒是余留在食指上的触感比它们真实和鲜活。这仿佛是一场梦。

8

趴在左前方座椅上午憩的体态，缓慢地转换姿势的模样像巨蟒吞吃猕猴。困倦正在温驯地挣扎。脚丫子搁在椅子前掌上，右手腕垫着额头，左手掌抚着头顶，脸孔朝下以向着水面整妆的姿态入睡。我垂下头来注视教科书上的赤裸男体，阴茎和睾丸的构图看起来倒像一堆热屎。我可以感觉她逐渐入睡，像感觉书桌上一杯苏门答腊咖啡逐渐冷却。以那个姿态来说，大腿内侧的缝匠肌和小腿的腓肠肌应该是拉张着的。

正午的阳光已经开始西奔的旅程，同学陆续从门口走进教室，或坐或立或聊天或沉默地等待午课来临，我和某些同学则在准备明天的生物测验。午睡对我们来说是罕事，我不会忘记安娜憩息前伸展躯干时发出的坚实呵欠，然后将四肢萎缩在桌椅上，像中枪的非洲象的卧倒，这种卧倒动作在我的记忆中变成一种持续性影像，就像恺撒在我的记忆中不断崩倒在庞贝雕像下。教室中的吵闹和从她身边响起的脚步声并没有打断她的鼾声，但是来自梦中的某种危险讯息触动了反射神经，睡式再度像蟒蛇扭动起来。奇怪的睡式引发噩梦。她在水上赏识自己的神采时，源自狩猎时代的警戒性使她察觉到背后的芦苇丛潜伏着巨兽。也许它只是例行性地踱到河边饮水，也许它正准备捕捉也是例行性地踱到河边饮水的猎物。它融入草丛中，没有脚步，没有形体，没有颜色，没有任何声音，仿佛只是一捆窜动的芦苇。她发觉它朝自己走过来，随即取下左肩上的弓箭，朝芦苇丛拉弓搭箭。她的在头顶上整理头发的手滑下后脑勺，从肩膀掠过，直挺挺地伸向桌面的斜对角，手指朝桌缘垂下，食指和中指的指间扣着桌角，头颅倾向一边，右颊贴着右手背，侧脸向着桌面的斜对角。她蹲在河岸上，左手拉弓，右手搭箭，箭头遥指窗外的热带柳。如果这是一张大圆桌，那左手扣着的桌缘不正像拉满的弓形吗？圆形的桌面代表肢体的匀称和力量的饱满。她的左眼为了固定影像而闭合，用另一只我看不见的眼睛瞄准猎物。鼾声沉重而规律。我想象午睡的姿势引起类似血液循环受阻的肉体的不适，潜意识创造了使人惊醒的噩梦，但是困意发下一道命令：清除一切阻挠主人休息的议程，它检视安娜对自己的信心，以一个防御姿势吓阻敌侵，就像你疲困犹浓却又到了预定的起床时间时就会做出安抚的梦来延长睡程。窗外的热带柳垂曳在午后的阳光中，河岸上的芦苇丛在风中摆荡，拉弓搭箭的姿势始终没有松懈过。

上课钟声响起时，脚步、桌椅拉撞、书本碰合和吵闹忽然响起，一位同学的屁股碰撞到安娜凸悬桌缘的手肘，安娜的上半身跟着激烈地摇晃了一下，鼾声暂时中断，但是困倦的巨浪未曾停息地席卷过来，睡意再度笼向她。

老师走进教室时，坐在旁边的女同学推了七八下二头肌才将她唤醒。

我和安娜以勾指头协定的"秘密"现在已经有一个多月了，为了闪躲各种眼光和尴尬，我不再让安娜当众索取作业簿，而在每天早上上课前将作业簿放在安娜抽屉中，不到一个星期，安娜在我的作业簿中夹了一张纸条请求扩大协议内容抄写其他课目作业，因此有时候我必须在不能抄袭的课题中做完两份作业。我乐此不疲，反而使功课进步神速。当你完成两篇题目相同但是内容各异的英文作文时，你的英文怎能不进步呢？每天早上当我回到围绕在热带柳、枞树林、灌木丛和常青乔木中的现代城堡时，当我把铁马像军火库中的枪械整齐地停放在车棚里时，当我沿半折楼梯走上二楼而摇晃在想象中的吊桥时，我不再想到学期末时披着黑色红里大披风奔走在教室中颁发各班成绩单的年轻校长的面容（跋扈地飞扬的学士袍使他闷热得满头大汗，也许他正沉醉在英国北部大学母校求学时的一段光荣岁月中），也不再想起从师范学院毕业深谙谩骂、讽刺和羞辱艺术的年轻老师，他们像开创事业的理发和裁缝学徒，比较关心我们的头发和服装。学习、考试、制度、现实和苦闷仍旧像哈姆雷特父亲的幽灵蛊惑哈姆雷特一样蛊惑我（它们和我就像哈姆雷特和他父亲的幽灵有着密切的生殖器关系）。

我更用心而精确地书算几乎是每天交代下来的数学作业，因为我知道作业簿会在第二天早上上第一堂课以前放置在左前方隔着两个座位和一条甬道的抽屉中，当她进一步要求抄写英文、化学、生物、历史、地理作业时，我的整个学校生活、学习过程、阅读、背诵、考试就从虚幻和神经质的幽灵摇身一变成为活生生的形体。当那些腐朽的字汇、阿拉伯数字、线条、疑问、答案和演算被粗暴地和漠视内涵地抄写过后，它那贫瘠的、幽灵的游移状态终于因为找到栖居处而长出血肉和逐渐丰沃。求学似乎不再是不愉快的事。我找到认同和程序，我的阴毛长出最初的须芽，我的勃起组织使我感受到体积的延伸和重量的负荷，我的阴囊和结满果实的苹果树一样累累。我推算某种母群体的个数，我演绎一个有着一千两百次频率的女高音声乐家的歌声在摄氏二十度空气中传播时的速度和波长，我写下一个惊叹号，当我想到这些东西将被一种拙劣的字迹和一只强壮的手一字不漏地抄写时，我那腼腆的、感性的密林里就会涌现出一种甜谧貌，只有此时校裤对瘦弱的我来说是狭迫的。

几乎连那种伏案誊写作业的姿势也是不正确的，就像不擅运动的人的投篮姿势的不正确。书写、阅读、翻书、刨铅笔、胶贴、打孔在安娜手里变成纯肉体运动，而属于安娜的台面性活动是发洗扑克、掷骰、调酒、进餐、撞球、下西洋棋、化妆、抽一根饭后的烟和比一个吧台上的腕力。偶尔她会停笔，露出一种对作业内容急欲了解一二但是十分吃力的神情，台面性渐渐显露。我看到她仿佛因为涂坏一个眼影而不愉地噘着嘴。她的眼睛在寻找一个把球推送到集球箱的角度。她悬垂在手中的铅笔像捏着一个自杀性的主教棋子。她琢磨某种定价、折价和实价时，就像思索来自餐桌对面的猥亵言语的含意。一个超载了智和力的腕力比赛使她扭曲着身体，意识模糊的汗渍在背上逐渐散开，粗糙的思路隆起肌肉……

9

交流是单方面的。她以训练我熟悉某种运动技能作为回报的协议并没有履行，我获得的唯一酬谢就是从她手里收回作业簿时夹带而来的笑意。我一边期望和她在运动场上会面，一边又觉得这是多余的，我拙于运动、讨厌运动，我只要明白牛顿运动定律和物体承受外力时将会出现何种运动状态就可以了，因为这正是我和她交流的方式。她忙着抄写我的作业。她忙着参加田径队的训练、忙着旷课、忙着夜生活。一群骑着重型机车的少年人几乎每天放学后就在校门口炫耀国势，她跨上座垫后在一阵逢迎中从某人手里接过今天的第一根香烟，用拇指扣下打火机压板，从打火轮研出燃烧着丁烷液的火焰。

"雷恩！"

那又是一个典型的热带傍晚，我从学校图书馆走向车棚牵出脚踏车准备回家，听见运动场那头有人呼叫我的名字。她越过沙坑、海绵垫，绕过掷链球的护笼，踏过推铅球的抵趾板，穿过跑道沿着梯形起跑线走出运动场，被夕阳拉长的身影像投掷标枪时向投掷区伸展出去的破裂灵魂体。她从司令台拿起一个包袋背在右肩上，从包袋拿出一顶白色鸭舌帽压在头顶上。她那一双在草坪上一前一后移动的沾满黄土的白色跑鞋像一对在原野上跳跃的野兔。今天安娜又自动加重训练分量。

　　她向我致歉，并且保证一旦有空就协助我增进体能。我虽然没有让她知道肢体上的竞争只会显示我的低等，但也适度地表达了懒散。我已经在作业簿上清楚地告诉她在古希腊人举行的奥林匹克祭神竞技中，除了田赛、径赛、游泳、角力的体能斗争外，还有诗歌朗诵、演说的心智上的较量，以及歌舞表演、乐器演奏的艺术活动，而且希腊人以雕刻运动员的体能来表现对均衡和对称的偏好。我也是一个合格的古奥林匹克竞争人。

　　"谢谢你的作业。"

　　"没有什么……"

　　"做得这么好，你一定很用功。"

　　"……"

　　"你刚刚从图书馆出来吗？"

　　"就像你刚刚从运动场出来……"

　　"你真有趣……"

"……"

我们就这样有一搭没一搭地走到校门口。她在校门口
向一个机车手接过一根吸了三分之一的香烟叼在嘴里。撤
除了消音器的引擎声，犹如撤除了压力的少年人的呼啸声
和口哨声。

当我触犯了我们那个小王国的戒律而像叛徒在热带
柳下接受审问时，我应该怎样向他们解释我和安娜的关系
呢？要我用一种常规来解释我和安娜的关系是不可能的，
就像我们用不熟练的外语来详叙一种抽象概念，我希望结
巴和含糊可以博得信任和谅解，英文讲得太过道地的中国
人总是让人觉得油嘴滑舌。骄傲的法国人讲述巴黎的美时
是不能翻译的。我用一种只有自己才明白的语言来赞美安
娜，那种语言出自我的内心、我的灵魂的真空夹层、我的
苍白的肉体、我的思维、我的血潮，它的句法原始而粗
糙，还没有演化到书写程度，当它以一种低文化和混沌态
势现出原形时，那肥腻的和溢血的神情露出懵懂的、痴傻
的求教态度，当这顽冥的谦卑没有得到回应时，它立即向
我发出愤怒的、兽性的咆哮。

它化身为安娜午梦中匿藏在芦苇丛的神秘之兽，在

一阵期待中竖起欲望之躯，开始搜寻安娜的足迹。那时候安娜坐在左前方隔着一条甬道和两个座椅的位子上修剪指甲，她用拇指压下指甲剪押杆，让细小而锋利的咬口裁剪无机物的指甲，拉出折叠锉细心地摩擦断口，用一口热气吹走指头上的指甲屑。它嗅着安娜的气味、汗臭、唾液、内分泌物、尿液、粪便。在一座茂盛的热带柳上，穿着兽皮、背着弓箭的森林之女，狩猎之后坐在横垂的巨干上用竹片剔抠指甲垢。它以奴隶的恭敬态度攀上树身，将多毛的身躯伏在她身旁，拨弄婴儿的爪势和倾吐梦呓的豹语……

　　它在座垫上摩擦和颠簸。我用力地踩着脚踏车冲向放学的路途。回到家里后，我立即锁上房门，将书包丢在床上，从上锁的抽屉里拿出窃自市立图书馆的图片。汗水从我的额头和背部逐渐溢出，桌面上是一页普珊[1]的十七世纪古典主义画作《牧羊神和河川仙子苏琳克斯[2]》。丑陋的、强壮的、半人半兽的牧羊神潘恩在阴暗的林地里追逐娇小的苏琳克斯，犹如法国号追击芦笛。它的尖耳朵因为

1　即尼古拉斯·普桑（Nicolas Poussin，1594—1665）。

2　即西林克斯（Syrinx）。

呼救声而哆嗦。它的厚湿的嘴唇向前凸出，嘴角别向耳根，发出低沉的、爱欲的求欢。当它碰触到苏琳克斯的身体时，憩足河岸上的河神及时将那只可爱的精灵变成了一束芦苇。崇尚文艺复兴盛期绘画的、担任过法王路易十三宫廷画家的普珊，以潘恩即将虏获猎物而苏琳克斯开始化身为芦苇的一刹那，画下这幅代表希腊畜牧时代、神话和传说中，雄性对异性的侵犯和凌辱主题的典范作品，并且充分地表现了音乐性、自然景物的色彩透视和希腊式自然观。温煦的阳光和微风弥漫在遥远的希腊午后的森林里，在那个被荷马歌颂过的蓝天下，各种冒险、屠龙、攻城逸事正在茁壮，被人们以欢愉和嘲讽创造出来的地上神祇牧羊神潘恩向苏琳克斯张开了侵略者的男手。它那乱蓬蓬的赤发嵌绕着冶游的桂冠，山羊胡子浸泡着纵欲的酒渣。在潘恩臂弯中的苏琳克斯无力地摇摆着金黄色的头发，初生的芦苇在哭泣。她的嫩滑雪白的肌肤有一种瞬间幻灭的梦幻性，更显得黑赭色攻击者的侮辱性。在追逐和逃避中，敞开的裸体就像两个就要重叠的"大"字，犹如两只在空中游戏的鹰侣，形成搏击的美、舞蹈的划一。《牧羊神和河川仙子苏琳克斯》是十九世纪以前画家偏爱的画材之一，这一群像孩童一样天真而热情地歌颂人类胴体的画家显然早已忘记河川仙子即将借助化身逃过污辱的传说，而无独有偶地将一追一逃中的牧羊神和河川仙子浸淫在无限的欢欣和戏谑气氛中，牧羊神的征服和得逞才是激发他们创作的因素。以法国古典主义绘画奠基人普珊的作品来说，那寥寥几笔的朦胧芦苇只不过是在掩饰潜意识中苏琳克斯被征服的欲望，而古典罗马和希腊人体雕塑的均衡和对称又是怎样完美地应用在若拒若迎的求欢动作中。在他们头顶上拍打小翅膀的、手里拿着火炬和弓箭的丘比特不正是祝婚图中的主角之一吗？在小溪上汲水的小精灵，不正是以庆典的方式被惊吓和驱逐吗？祥和的、热闹的、洋溢着色彩美的森林不正是一种赞美吗？天空的圣蓝和云朵的纯白不也是一种默许吗？

我和画家有着相同的期望。在喜庆和婚姻气氛中，在赞美和默许中，我以迥异于古典主义的豪华的、浮夸的、粗糙的和热情的巴洛克艺术创造我的攻击者，在抒情的和音乐性的森林中唐突地抬起它的腥红的头。卷缩成两个圆圈的公羊角抵住苏琳克斯的额头，淌着唾液的嘴唇发出尖锐的羊咩。苍白的乳房掩没在黑色胸毛中。我以激烈的、重复的手语回应发自内心的咆哮。当特洛伊城被攻破时，当牧童英狄米恩[1]被月神亲吻时，当帕萨士[2]砍下长满发蛇的密图莎[3]的头颅时，当少年海亚仙斯[4]像断茎的花朵垂下美丽的容貌时，当血腥和欲望的行程在一阵战栗中结束时，逐渐退缩到没有知觉的混沌中，退缩到奥迪西斯[5]的漫长放逐中，等待下一个频繁而不可预知的考验……

　　我尽量避开骚动，并且期待和平和风平浪静的航行，但是一旦出现状况时，侮辱和屠杀是难免的。赛莲在海上唱着诱人的歌，萨嬉挥舞着魔杖，独眼巨人波里非摩斯[6]驻守海岛上，半人半牛的马诺德[7]匿居迷宫中。

　　即使上课时我也不能摆脱复苏的窘态。我必须把这唯一的经验记录下来。午后的自修课，安娜在桌子上玩扑克牌。我在桌子上摊开化学课本，准备复习下一堂的化学，但是眼睛却离不开安娜。"国王的婚礼"在她纯熟的发洗

1　即恩底弥翁（Endymion）。

2　即珀耳修斯（Perseus）。

3　即美杜莎（Medusa）。

4　即雅辛托斯（Hyacinthus）。

5　即奥德修斯（Odysseus）。

6　即波吕斐摩斯（Polyphemus）。

7　即弥诺陶洛斯（Minotaur）。

手法下一次又一次地进行，这是替爱情预报吉凶的扑克游戏，经过重重关卡后，当最后两张朱蒂丝皇后红心 Q 和大卫王红心 K 结合时，这种结果显示心目中的情人对自己的爱恋。安娜玩了五六趟后，似乎对结果不尽满意，神情显得有点不耐烦，于是换了另一种意义相同的游戏"蒙地卡罗"，过了一会儿，忽然又开始玩起另一种爱情游戏"女王谒见"，只玩了一趟就赌气地丢下扑克牌，从书包里拿出一把梳子用力地梳理头发。

就是这个梳理头发的动作惊醒了它。我把视线移向窗外。热带的炎热燃烧着热带柳，树巅沐浴在西移的阳光中，海风狂烈地吹击树身。呐喊是我熟悉的，右倾也是我的习惯。我用它的情绪诠释眼前的景物。紧密地植成一列的热带柳激烈地摇晃、颤抖，它们用枝丫拥抱和爱抚对方，它们用叶子簌簌簌地鸣欢，它们用根部隐秘地交配……

我没有听到下一堂课的钟声，但是当我环视教室时，同学已经离开教室走向实验室，空荡荡的教室只剩下我一个人。抽屉中的梳子掠入我眼底里。我走向安娜的座椅，把梳子抓在手里，细长的头发从手掌和指缝中垂落。当我蹲在甬道上用另一只手开始我的原始"手语"时，不算尖锐的梳齿使我的掌心发出阵阵绞痛。死气沉沉的黑板、桌椅、天花板……

我用鞋底擦抹地板，把梳子放回原位，拿起化学课本冲出教室。缓慢而苦闷的溯洄是在实验室里。

我进入了少年时期冗长和黑暗的自我放逐。

10

数学作业簿里夹着一张纸条。

雷恩：你的篮球打得怎么样？星期五下午四点篮球场上见面。

安娜

今天是礼拜二，一个星期的颈端，假日的尾巴正在遥远的一方蠢动。当天傍晚我向邻居借了一粒篮球到住家附近石油公司员工休憩区的篮球场上练球，因为技巧生疏，身体单薄，这种美国式的暴力运动使我像小猫咪追逐小皮球似的在篮球场上东奔西窜、丑态百出，但是沙滩上的经验使我认真而若有其事地拍打着一粒塞满气体的、富弹性的塑胶怪物，它简直像长了脚的大蛤蟆一样不听使唤。一再地将篮球丢向篮筐的愚蠢动作使我想起薛西佛斯[1]推石上山的荒谬，所以最后一天只练了三十分钟就坐在篮球架下喝罐装的可口可乐。

星期五下午三点五十分，我站在热闹的学校篮球场上。在一大片覆盖泥土和青草地的水泥地上，高矗的篮球架类似某种被撑起的恐龙遗骸，悬垂半空中的篮板和篮筐刚好达到嘲讽人体的高度。通常有两种人活跃在这个现代奥林匹克竞技场上，第一种人拥有还不算坏的篮球技术，这点道行使他们玩球时透着恶俗的表演心态，而且用这种自大狂霸占球场的大部分空间和时间，你可以经常看到他们在球场上无聊地耗上半天，偶尔你也可以在什么露天咖啡座或广场上看到他们聚拢一块胡诌球经，内容不过是某人怎样运球怎样投篮，他们的世界真是简单而一致，他们

1　即西西弗斯（Sisyphus）。

的思考秩序真是如出一辙。第二种人则几乎缺乏技术，他们持球时就像捧恐龙蛋或炸弹，你可以从他们小心翼翼地或是迫不及待地处理皮球的模样找到乐趣，通常他们也是第一种人嘲弄和夸耀的对象。真正的篮球高手只有一个破烂的篮球架，而且躲在狭小和寂寞的后院纳凉地上练球，他们通常都有一个容易受伤的膝盖。

依旧强烈的阳光从南中国海上方斜射下来。在冰天雪地的地方，人们像企鹅歌颂阳光，在赤道边缘的我们只有皱着眉头让它把肤色晒黑。

"雷恩！——"

即使在终年日照时数最多的地方，充分调适阳光也可以培养出动感的战士的肤色。随着全省中学运动会的逼近，安娜的练习分量逐渐加重，她的骨骼架构以明显的触动视觉的程度向外拉开，像饱经灌溉的大树扩充枝幅。加阔的肩膀犹如船舷越阔的游艇越给人视觉上的平衡和载重感。胸膛像游泳选手。这一切使她有一片比别人宽大的体荫，使她有牌楼的美和建筑的稳。

更不消说她的肤色的美，那是一种不轻易被阳光炙伤的肤色，一种经过两种人种的奋斗和挫折交配出来的混血的美。

她已经把体能调整到巅峰，准备和全省同龄的人在田径场上搏斗。汗水从她的额头滴下，一粒篮球夹在手腕和腰部之间，已经练了一阵子球。

"你准备教我打篮球吗？"我说。她坐在一座篮球架的横干上，肘背靠在两根交叉的支柱上，在纵横交错的篮球架中她的体态显示出某种无脊椎的延伸和附着，昂起的下巴像薄膜悬垂着一片光气，使人想起躺在北欧岩岸上享受日晒的人鱼。她瞥见我之后，马上跃起身体小跑过来。老旧的篮球架发出有如蚱蜢跃离枝叶时的震动。我忽然涌出一个念头：我想看看她的运动衫底下的肤色。我承认在教室里看着安娜的背影时经常涌上一些肮脏的念头。也许她的先祖之一来自此地有裸胸习俗的内陆土著，对他们来说，我们少年人稀异的乳房是引不起任何歪念的。

"你的球技怎么样？"她从胁下松下篮球，用右手在水泥地上拍了几下。她穿着短袖运动衫、短裤和球鞋。

"什么球技？"我的视线被拍动的篮球吸引住，"根本谈不上球技，简直糟透了。"

"没有关系，"她巡视球场就像巡视一片乏味的风景，

"这儿有百分之九十以上的人不懂球技。"

我指着某个篮板下的一群人。"包括他们吗？我和他们一样糟。"

安娜忽然将球向我拍过来。"趁着现在还热腾腾的，走吧，我们来组一个二人队伍找他们挑战。你今天看起来蛮有精神的样子。"

我接过看起来和安娜身体一样热腾腾的篮球，在她转过身子走向某个闹哄哄的篮球架下时，硬生生地将即将吐出的几句话变成喉咙里的无意识的蠕动。球场上充塞了一股活力：扭曲的叫嚣、篮球的蹦弹和人体的跃跳。当安娜从这股活力浮出来时，她像人鱼憩息在篮球架上，当风和阳光逐渐使身体干燥时，她继续游入球场润湿自己，展现出惊人的活力和优美的体态，完全不同于岸上的慵懒。篮球架只是供她憩息的岩岸。

听说安娜找他们斗牛，男生群中马上起了一阵骚动。

"二对二吗？你的拍档是谁？"受宠若惊的家伙盯着我和安娜。

"雷恩。"安娜指着我说。

又是一阵赞叹。

"雷恩是生手，请各位多多指教。"

几个隔邻球场上的男生也自动组成队伍加入，有一些家伙更是不正经地叫嚷着。托安娜的福，我们这一组首先披挂上阵。第一场对手是两个矮小的初二学弟，球技和我不相上下。当安娜运球游走时，我忽然发觉她有一双长腿，这种感觉可能来自压低全身重心游走时产生的顺畅和韵律，就像溜冰的女孩因为溜冰鞋而让人觉得双腿陡然增长，又或者是全身融入球感后涌现的某种肢体特点，就像充满攻击性的运动员有一个大下巴。也许纯粹是错觉，来自地面的球体的大幅度拍动和身躯的跳跃自然增加下肢的拉拔。裸露的下肢或许也是一个原因，而棕褐是强壮的颜色。更正确地说，以上种种完全来自我的肮脏念头。我愿意相信周围的口哨和呐喊是衷心的赞赏，和我的肮脏无关。

我只要站好位置，球就会适时交到我手里，然后投向篮板的矩形框反弹入网。安娜总是适时出现，迎向我的传球。

一个十拿九稳的篮下跳投被安娜封下，两个初二小鬼失去打破鸭蛋的机会，接着安娜又投进一球，六比零，我们轻松地赢得第一场胜利。

"你打得不赖嘛！"安娜和我擦身而过时小声说。

接下来的两场对手是同年级的男生。在各种鼓噪、打气、喝倒彩中，我们以六比二和六比三将他们淘汰出局。第四场是两个高一学长，这是一场激战。安娜的呐喊声在我耳边响起。我可以清楚地分辨安娜的呼吸声在我耳边盘旋。在一次碰撞中，我感觉右肩糊着一大片安娜的汗水。她的阔背在她携球斜身上篮时稳健得像斟酒中的XO酒瓶。当她递球给我时，她的像花豹锁定猎物的注视从一群肢体中一闪而逝。

我一再失误。球从我手心溜走，敌人冲破我的防线，但是安娜的球技和求胜心使我们最后以六比五力克对手。在一阵起哄中，我们继续接受另一组高一学长的挑战。这两个身材高大、动作粗野而轻佻的家伙，不停地发出怪叫和场外应和，偶尔还会从傲慢的脸上挤出各种滑稽表情。安娜继续认真地作战。我不得不振作起来，虽然体力已经开始透支，尤其当我发觉两位学长经常碰撞和推挤安娜时。我拼命地抢篮板、阻挡、跑位，在一次和对手的接触中，我的左胸被一个拐子打中。我大叫一声，脸色死白地蹲在禁区上，接着是一连串咳嗽。

"怎么样？还好吧？"安娜弯下身子来。

两位学长致送着虚假的歉意。

我走出场外休息，战事到此结束。即使没有这个意外，由于体力的关系，我相信自己随时会昏倒在球场上。安娜也跟着我退出球场。

"你打得很好，雷恩，"当我们走向停放脚踏车的车棚时，安娜说，"如果不是那两个懦夫使诈，我们可以击败他们。"

我苦笑。"真是抱歉，我也想击败他们。"

我们走进阴暗的车棚里。

"有一件事想请你帮忙。"

"什么事？"

"再过一个星期，我就要代表学校到×镇参加全省运动会，大概十天内不会来上课，这段时间，请你每天找一朵花，插在我的座位旁边那个墨水瓶里好吗？"

我把书包夹在后架上，两手撑着脚踏车把手。

"我希望我不在的时候，墨水瓶里还插着花，好吗？"

"嗯，可以……"

"你可以每天找到一朵花吗？什么花都可以。"

"没有问题，家里有一个不小的花圃。"

"摘花前先问过妈妈，别挨骂。"

"哈哈——"

"别忘了，每天一朵,OK？"她跨上座垫，蹬上脚踏，"先谢谢你了，拜拜。"

我看着她从阴暗的车棚冲向外头接近午后五时的热带微温阳光中。大概是出汗的关系，车棚里非常闷热。肋骨还在隐隐作痛。从胳膊、肩背、臀部、腿侧可以感受到和安娜碰撞时留下的体温，柔软的触感从此处延伸出来像网一样张挂全身。车棚外面的安娜踩着脚踏车经过一处颠簸地，像骑师在马背上压浪。

11

第二天在热带柳树下，习惯地聚集一块批评和嘲讽物事的同学将话题指向我受创的肋骨。炎热使我们在课堂上吸收的知识一片混浊，大家不停地用手帕汲汗，吮吸罐装的冷饮，咀嚼清凉的马来糕点。在课堂上经过四小时的用功和囚禁，我们像夏日耕作后的犁牛想念一潭凉水。

"听说你昨天和安娜打篮球时表现得非常英勇。"陈同学说。他曾经张扬过安娜和从前一位男老师的一段秘闻，但是至今未曾证实。

"真想不到你和安娜混得这么好。她从来不把我们男生看在眼里。"自命拜伦的同学说。

"她为什么不抄我的作业？除了数学，我的功课不比你差。"《时代周刊》的读者说。考试逐渐逼近，他已经停止背诵杂志上的单字和结构花俏的句子。

"不要打岔好吗？我正在赞扬雷恩的骑士精神，"陈同学说，"听说有两位学长对安娜无礼，你奋不顾身保护佳人，勇敢地挂了彩。"

"他们摸了她的腿。"

"用拐子顶她的胸。"

"安娜可不在乎，这小子急得像抢不到奶头的小乳猪。"

"你从前打篮球时千斤顶也撬不起你。"

"那两个家伙的确太无礼了，"一位胖同学说，"的确需要教训，如果是我，我就先发制人，用膝盖骨敲他们胯下那块疙瘩。"

他满脸通红，用手肘撞下树腰上一片裂开的树皮。嘲笑的箭头一转，射向这位同学的身材。蒙他拔刀，我以锐利的反讽助他解围。陈同学沉默不语。

上课钟响时，陈同学一边走向教室一边对我说："雷恩，坦白告诉你吧，安娜对男女关系是不在乎的，那一群经常和她混在一起的少年帮，据说每一位都和她有一手，两位学长大概也听说过所以才对她轻佻吧。"

我马上想起安娜托我插花的事。

"喂，你不会难过吧？"

上美术课时，女生被分派到另一个教室学习缝纫。当美术老师嘱咐我们自由取材时，我开始描绘从窗栏的墨水瓶口斜垂向桌面的蝶豆花。从叶腋开出的、喉部泛白的大如四十烛光灯泡的紫蓝单瓣被不纯熟的画技揉在画纸上。我在左上角画了一张躺卧着的少年的脸，眼睑闭合，嘴角淌着血迹。花影像一只灰蜘蛛爬上希腊式鼻梁。

"你好像不太相信我的话，"下课时，陈同学附耳说，"我还有更多秘密没有告诉你，不过看你这个死样子，我才懒得跟你说。我要吊足你的胃口。"

12

我家后园那一片低湿沃地栽种了十几棵椰子树、槟榔、波罗蜜和红毛丹，稠密的叶荫和枝路是鸟和飞鼠的乐园。一条宽约两公尺的溪流穿过果园外围形成我家后园疆界，往外延伸是一大片高可及人的芦苇丛，间或出现几块平原和沼泽地，几处湖潭，几棵巨大的常青乔木，几簇矮壮的灌木丛，视觉终点处驻守着从婆罗洲内陆繁衍出来的热带雨林。在雨量充沛得几近泛滥的十一、十二月里，芦苇坚硬如剑，绿肥如雨蛙，在风中成群结队拥舞时柔如雉尾，并且以顽强的生命力和繁殖力扩充幅地。只要泥土打开一点空间，它们就像晨光堵满窗缝一样滋长出来。我们经常用镰刀在水溪旁、车库边、花圃里、果林中砍断嫩茎或拔除根荄永绝后患。芦苇边缘的细螯经常割伤在芦苇丛捉迷藏和追逐的孩童手脚。

在旱季施虐的六、七月里，当湖潭和溪流逐渐干涸，沼泽地开始龟裂时，太阳发挥它在地球上所能施展的最大力量，凶猛地吞吃清晨时东一块西一块游荡的云气，将大地烤得生气皆无又仿佛充满生气，直至傍晚才露出饱满庄严的暮色坠地，此时大地像熄炊后的土灶疏散着地热，烹调一个典型而闷热的、聚谈户外的、歌舞椰子树下的、啜呷冷饮的南国夜宴。

芦苇的泛黄色质显示水的渴望，曾经在风中雄伟地蹿扬的它们俯垂下来犹如等待斩首的死囚，露出孱弱的颈株和干硬的腰梗，它们随风坍向一方，但是不再随风展示优美而充满节奏的波浪。灌木丛像垂死的节足动物收缩起枝干，只有根幅辽阔的常青乔木显示着一种顽固的挺拔和忧烦的绿貌。遍地枯黄而易燃的芦苇引发惊动乡坞的一年一度草原火灾，导火线可能是一根未熄的烟蒂，将光热集中反射到芦苇荄的一片玻璃、一个炼乳空罐、一滴露珠、一个锁搭扣，以及各种不易防范的夏季人为疏忽。就像事不关己的战争，大人为这场野火忧虑，孩童为它喝彩、为它的美而震慑。连绵野火在太阳和风的助威下，偶尔细嚼慢咀，偶尔大口大口吞吃芦苇，发出霹雳霍辣的舔咬声，冒出弥漫天际的灰烟，犹如一群茹素的赤身白发妖魔，当焦味从巢穴中的雏鸟、来不及撤退的青蛙、毛蟹、白腹秧鸡身上发散出来时，妖魔就像偷荤的和尚显得更加狰狞诡异。

野火的寿命也许只有数小时，也许长达两三天，甚至一个多星期。当它持续地焚烧时，壮丽而浪漫的仲夏夜就在期待中拉开序幕。茹素的妖魔继续着某种周年庆的飨宴，它们通体透明的身体像血染红了半边天，有一种恶势力在远方呼应：流血和暴力的群众活动，灭门惨案和血洗城郭……像流萤飞舞的星火，像火山熔浆的余烬，像喜庆的烟雾，以及家家户户互报火势的喊声……激起某种错失热闹的成长的焦虑。

大火后……

芦苇荄隐藏在更加肥沃的光秃秃野地下，吮吸自己的灰烬作为营养，在下一次大雨中抽出芽茎开始一年一度的复国计划，不消一个月，优美而充满节奏的绿浪就又着魔似的四处蹿扬，各种爬虫、水陆两栖、节足、啮齿、哺乳动物闻出空气中的湿度变化，从避难的菜园、岩穴、土窦、树窟、仓库、花坛、热带雨林回到边近溪流的芦苇怀抱生活和交配，水禽大量地在溪流里繁殖，鸟类也一批批在岸边游弋啄食。

从我面向后院的书房窗口俯视，透过缀挂在半空中的枝篱可以看到流溢着原始生命力的溪流、芦苇和热带雨林。长满绿叶和果实的枝篱在风中摇曳着，溪水和绿浪无声地涌过窗口，波罗蜜扭摆着像古代腕龙脖子的枝干，颇有航向蛮荒的感觉……

我听见一阵搓洗、捶打，夹着某种拍击水面的声音。

溪流上游岸边以木梁随意搭建的台架上蹲着一个正在搓洗衣服的十四五岁女孩。大概一个月前，我将书桌靠拢窗口，使我能在做功课和看书时更轻易地看到潮湿的台架。当雨量充沛时，溪水会将台架淹没。

我凝视着在搓洗节奏中晃动的台架、潋滟的水光和浪花、像蛙卵巢的洗衣粉泡沫、台架上面两个红色塑胶桶、轻快的捣衣动作、裸露的胳膊和小腿、凌乱的头发、汗流浃背的身子……

我牢牢地忆起女孩的一段苦日子。

她是隔邻一位王姓伯伯的侄女，自从三个多月前父母在一桩意外事故身亡后，她和一批稚龄弟妹分别被寄养到亲戚家中，大女儿的身份使她以首轮人选被收容到最缺人力的大舅舅家中，第二天即辍学和一批粗细杂役为伍。在寂静的夜晚里，我经常听见从远处传来凄厉的女孩哭声。某个深夜里响起急促的敲门声……我竖直耳朵躺在床上。

父母的呼叫、女孩的哭泣，各种推撞、拉扯和吵骂惊醒了全家人的睡眠。那天晚上，女孩在一阵例行毒打中逃到我家避难，舅舅和舅母却像脱逃的家畜将她揪回。第二天我从油漆斑驳的门扉看到官吏的森严和冷酷，从生锈的榫眼锁嗅到庭训的腐臭和坚固。在父母和邻居劝导下，女孩逐渐获得舅舅和舅母的关爱，偶尔可以看见她一边修剪垣篱一边唱着从台湾流行过来的华语歌曲或马来情歌，脸上不时绽出笑容，工作时也愈加勤快欢愉。她的手脚残留着数道鞭痕，背上有一大块被热水烫伤的燎疤。

一个多星期前的周末早上……一场大雨过后，丰沛的溪水和湍急的水声诱使我走向后院站在湿软的溪岸上打量雨后特别频繁的动物出巡和觅食，当我看见一群两点马甲从芦苇阴影窜出时，溪面漂来一个蓝色勺子。我抬起头来看向上游。女孩蹲在台架上搓洗衣服。

我弯身勾起勺子，沿岸走向上游。距离台架五步远时，女孩发觉了我。

我抬起手中的勺子。"是你的吧？"

女孩露出一点惊讶的神色将台架扫视一遍，伸出手来接住勺子，说了一声"谢谢"，低下头去继续劳动。

初生动物的眼神、手势、声音。胳膊和小腿的疤痕热辣鲜活地映入眼底里。几个搽着红药水的烂疮长在脚丫子和膝盖上。人家已经道过谢，我拙于言辞，虽然酝酿着说一两句什么"有空到我家来找我妹妹玩嘛"，又不好意思开口，只有回身走向下游。我知道她虽然低着头，我的一举一动全在她的盘视中。

我看见芦苇丛中伸出一只大蜥蜴头颅，在我逐渐靠近它时缩回芦苇丛里，从草巅的波动可以猜测它爬向了一簇灌木丛。大雨过后，泥泞的土地、滑湿的芦苇、丰沛的溪水和空气中饱满的水汽激起这批硕大爬虫类的猎食和冶游兴致。当我从书房窗口向后院眺望时，当我从学校作业中抬起头来看向绿色的芦苇安抚视力时，十有五次会被这批大蜥蜴抓住游荡的视线，它们偶尔在溪岸巡弋，偶尔在溪面浮游，偶尔躺在一块腐烂的木块上晒太阳，偶尔伏在一根靠近地面的倾斜的巨大树干上休憩，偶尔从芦苇丛探出头来打量形势，偶尔摆动着大尾巴慢吞吞地钻入芦苇丛。警戒性使它们预先注意到我，当我们的视线碰触时，也许它们已经监视了我半天，一场诡异的、冗长的、无趣的、各怀鬼胎的对视就此展开，那种严肃和认真，那种装模作样的、摇头晃脑的思想的广泛和哲学的深度，仿佛两个学有所长的辩敌准备展开一场世纪性论战。你除非作势靠拢过去，它们绝对不会畏惧或退缩。直到被对方的暧昧表情弄得烦闷时，其中一方才会表示让步，似乎达到妥协和默契似的结束对峙。我怀疑当它们钻出芦苇丛时，第一眼就瞟向我这个窗口，从它们悠闲而不以为然地注视着我的模样，我甚至猜想它们早已习惯了我、熟悉了我，也许在它们的朋友圈和家族群中，一个关于我的稀奇古怪但是不失英勇的诨号已经流传开来，虽然我知道它们没有群居习性。在这片和热带雨林紧邻的广大土地上，人类是唯一威胁它们的生物。它们从五千万年前的始新世开始活跃在这个星球上，或者更早一点，一亿五千万年前的白垩纪，甚至两亿年前的侏罗纪。现存四千多种爬虫类中，大蜥蜴（monitor）是体型最硕大的种类，行迹遍布非洲、澳洲、东南亚，我家后方那一大片水源和猎物丰富的芦苇丛正是它们的活跃地。它们是这一大片野地上最庞大的生物，是弱肉强食的、横行霸道的、水陆两栖的大王。两公尺以上的大家伙随处可见。

　　偶尔我以呼叫、鼓掌、拍打墙壁来吓唬睥睨视我的大胆家伙时，它们只是不屑一顾地略微拉紧防御线，如果就此隐入芦苇丛，就会露出一种深刻的烦恼。丑陋狭长的面貌虽不愚笨，也不特别睿智，却喜欢露出十分了解我的模样。它们知道我在屋内鞭长莫及，即使走向后院也并没有加害的意思，于是四肢不动，长脸微倾地对骚扰表示礼貌性的关注和绵绵无尽的容忍，偶尔不值得鼓励地眯起已经十分细长的眼眶成为一线刃芒为止。大部分时候，我模仿它的懒散，期待某种认知似的和它对视到底，当它终于消失在芦苇丛时，我继续以感觉和潜意识猜测它的行踪。我知道它对鸡埘里几只肥胖的母鸡垂涎已久，椰子树下栅笼里的小白兔也是一道佳肴，这是它经常窥视我家后院的原因。它也知道自从吞食过我家几只母鸡后，一道坚固的铁篱已经将鸡埘围堵起来，现在只有盼望我们在一个疏忽中忘记关上门栏，或者母鸡鼓起短翅膀发挥飞翔本能跃跳出来——它耐心等待这个千载难逢的猎杀时刻。一旦踏出芦苇丛来到人类活跃的地方，急躁和大意只会带来杀身之祸。三个月前，它趁着天将破晓时潜入某家鸡塘，目睹一尾蟒蛇因为吞下一只大公鸡而无法再度进出墙缝，结果被人类当场捕杀的惨剧。它退隐到芦苇丛中，远远地看见人类怎样生火焖煮、割肉分食，吓得心惊胆跳。一批嗜食野味的黄皮肤广东人在芦苇丛中设下捕捉它们的陷阱机栝，它曾经从这些惨酷精致的机械中数度逃出，换来身上无数疤痕，有一条留在脸上的伤口至今还不时抽痛化脓，使它失掉不少威武气概。求偶季节已经随着雨季一道降临，它开始担心自己的男性魅力。想起葬身陷阱和缺腿断尾的同类，它又不禁庆幸地摆动起力大无穷的长尾巴，使平静的芦苇丛响起一阵骚动。

它鼓起胸肌，扭摆骨盆，拨翻四肢，仰起颚骨在葳蕤紧密的芦苇丛和泥泞地爬窜，强壮有力的肢脚和钩爪使它可以灵活地在这片软湿的和障碍重重的野地上行走，犹如骏马的炮骨和蹄冠适合在坚硬的平地上奔跑。今天它准备赶一段长路遁入一家养猪户碰碰运气，入夜以前一群鸭子会在猪溷后方的湖潭上嬉水。越过一处洼地后，它驻足以随时速窜的姿态压低身子，等候前面一批寻找过沟菜蕨的马来少年走到一个安全距离后，才小心翼翼缓速前进。一只穿山甲从一个被雨水冲刷出来的热带柳树根底下的穴窦中溜达出来，由于自身形迹已经暴露，大蜥蜴立即俯冲过去，穿山甲连滚带爬遁入芦苇丛，像鱼游入大海失去踪影。大蜥蜴以口里的杰可逊氏器上的嗅觉引领自己搜索一遍，随即继续赶路。累积了一身丰富的狩猎经验，它知道在十次出击中会有九次失败，因此一点也不气馁。只要看得见猎物，这个世界就充满希望。在一小片长着韩国草、昭和草、蚶壳草和羊蹄的平原上，它和一位体形相仿的同类不期而遇，双方昂首驻足做出纯雄性的防御姿态。在交配季节里，同性的同类都是情敌，但是除非有女伴在侧，没有一方愿意进一步做出挑衅或攻击动作。僵持一阵后，双方终于不甘示弱地擦足而过，各自走路办事。

太阳开始西垂时，它越过一条小河藏匿在香蕉林中打量形势，凝视湖潭上一群天真烂漫的鸭子，湖潭前方猪溷中的妙龄猪只浸淫在一片恋爱气氛中，偶尔发出一两声向人类表示感激的响嗝和饱屁，人类居住的高脚木屋一片祥静鬼祟，主人全家大小趁着天黑前正在菜圃里工作。湖潭和香蕉林之间是一片三十几平方公尺的空地。它锁定最靠近自己的一只年轻肥鸭，垂涎欲滴，饥肠辘辘，当它冲出香蕉林时，高脚木屋底下立即爆响出来穷凶极恶的吼声，六尾硕壮家犬像没头没脑的鱼雷贴面飞来，在它跃入湖潭前将它万劫不复地团团围住。鸭子吓得嘎嘎大叫，拍起杀机重重的浪花冲上岸去。猪只弄不清楚什么形势地逐涌钻动，偶尔有一两只掷地有声排出几块大屎。

大蜥蜴知道猎食计划又告失败，想起自己跋涉一段辛苦路却一无所得，不禁恼怒地扒开四肢，从地面拔起身体，大幅度挥舞尾巴，咧嘴吐舌发出嘶嘶声，使两百三十公分身长在半恫吓半炫耀中陡然爆长膨胀，更显示草原王子的强壮和威严。它不慌不忙地在原地打转，勇猛地一一打量六条恶犬，晓得它们对自己十分忌惮，虽然狗数众多，只是装腔作势抖抖爪牙。这已经不是它第一次和这些有毛的家伙对阵。它曾经在一条小径上用尾巴打跛其中一个家伙的后腿，让它足足用三条腿蹒了几个月，现在它还认得它，它后腿微跛，扇耳扇脑拟欲报复。如果形势准许，它打算重施故技让它们尝尝苦头，但是现在它只想趁早脱身，因为狗吠声已经惊动人类，菜圃那头已有人声传来。它蹿动四肢，掀翻尾巴打散包围圈，一个扭头奔向芦苇丛。一只扑咬过来的家伙被它用尾巴打中脑袋，跳起不知名的狗舞。另一只在香蕉林中被尾巴扫中骸骨，从缠绵幽怨的反应看来可能已经拉断前膝关节。

在狗声、鸭声、猪声和人声沸腾中，它游过小河，回到广袤神秘亲切温柔的芦苇怀抱。

经过一阵爬窜后，它憩息在一片繁殖着五节芒、水蜈蚣、龙葵、车前草和韩国草的坡地上，抬头凝视芦苇丛上方的夕阳。千变万化的彤云，灿烂似血的晚霞，仿佛爆发中的火山口正在喷火吐浆，夕阳犹如一颗抛向半空的炽热硕大的火山弹。

敲门声从我身后传来。我离开窗楣打开房门。

"你在里面干什么？怎么敲了这么久才来开门？"母亲站在房门外，"我不是跟你说过了吗？你有事没事别老是把自己关在房间里，房门尤其不要反锁——"

我听见楼下涌上来一阵笑声。

"你阿姨和表姐表弟来了半天了，你怎么还不出来见客？赶快换一件干净衬衫到楼下去。"母亲一边说着一边走向楼梯口。

我脱掉背心，披上一件蜡染衬衫。

像沙发一样臃肿的姨妈坐在客厅里和母亲说笑，表姐表弟则像两块垫背肃坐在另一张长沙发上，茶几上放着几粒榴梿、两大挂山竹、一盘糖果和几杯果汁。恰逢周末，哥哥带着妹妹到海边嬉耍，弟弟被母亲派遣出去点召回来。父亲习惯在周末早上泡在七英里外的市中心露天咖啡座晒太阳聊天。

我坐在另一张沙发上，回答姨妈一堆问题。她的问题就像她带来的榴梿、山竹、糖果一样甜腻、累赘和惯例性。母亲的询问把表姐表弟逼得完全陷入沙发的掐抚中。

"这个孩子不太爱说话，"姨妈把糖果盘推到我面前，"吃糖果吧。"

……十五分钟后，哥哥弟弟妹妹像援军涌入家里。就像小型动物的群居性有利生存条件，客厅的大部分领域立即被我们攻陷，两位大人的活动空间逐渐缩小，最后献出水果分食才略微舒缓形势。拜访的礼节和气氛全部做到后，姨妈心满意足地带着表姐表弟离开。我带着没有吃完的半壳榴梿回到房间里，反锁房门，像果类植物将多肉质株干挂满窗幅，从嘴里吐出带点腐臭的榴梿味道。

一天的猎食活动已经耗尽大蜥蜴的体力，四足像被巨石压倒在坡地上。它环顾四周，沙土上的足印显示猎物的频繁出没率，如果在此地提高警觉过夜，也许可以逮到田鼠、蛤蟆、小蟒蛇。想起肥嫩的肉块和润喉的血液，它的杰可逊氏器立即抽搐起来，这使得不是十分强烈的饥饿遽升到有感边缘。它像往常昂首凝视夕日，做着每日一次的精神层面的活动，以持续深沉的冥想使肉体脱离烦忧来安抚空腹，它曾经有七天没有进食的纪录。一只抓运鸡仔的母鹰背对着夕阳从它头上掠过。

它一眼就认出这个和自己统御着不同领域的老冤家，兜转了头注视它朝东边一棵独擎的枯死乔木飞去，落在顶巅用枯枝搭建的巢穴上面，用喙爪撕裂鸡仔喂食两只开始长毛学扇的儿女。大蜥蜴露出凶狠奸诈的微笑，回忆自己从小怎样躲避这类飞禽的突击，长大后怎样和它们争食而数度短兵相接。最可恶的是，当它们大摇大摆出猎时，所有芦苇丛和平原上的小动物立即得到讯息遁入穴窟，当它们出现在人类屯居处，人类就会此起彼落地对它们发出不共戴天的诅咒，公鸡惊叹，狗群叱责，大小家畜或捍卫或逃躲，惊天动地，村野变色，闹垮和它们同时出现的大蜥蜴的猎食机会。它们可以随时分享大蜥蜴的狩猎地，而大蜥蜴对猎物同样丰饶的天空却无力染指。大蜥蜴凝视这位威武的、独来独往的飞敌，忽然涌现出少有的气度和胸怀，将怨气和恨意升华为惺惺相惜。

它蓦地合眼，小憩片刻，再度睁眼时，月球已经升挂到乔木顶巅，母鹰独驻在水晶般的月面下守卫日渐壮大的家族。大蜥蜴觉得月球像饱满欲裂的卵，隐约凸显小蜥蜴的胚胎。它凝望月色，耳目落向四野，浮游的瘴气、榛莽的树影、灵动的月华将它的气质提升得更加狰狞，将它的心灵净化得更加龌龊。一只猫头鹰站在灌木丛上咕——咕鸣叫。月亮升离乔木巅逐渐缩小，星光稀落，萤火虫和蝙蝠在夜空中飞翔，青蛙得了癫病似的不停地聒噪，一颗陨星凑热闹地划过天边，大蜥蜴的疲惫和困意被这些熟悉的景色和声音迅速唤醒，眼睑渐渐合拢，仿佛看见一只母蜥蜴在前方缓窜，风情万千地炫耀多肉的脖子、健美的尾巴和滑湿的泄殖孔。大蜥蜴忽然被一种骚动惊醒，隐约看见一只猫头鹰和一条青蛇在展开一场激斗。大蜥蜴迷迷糊糊扑窜过去，一刹那间猫头鹰啄住蛇头飞离地面消失在黑茫茫的夜色中。大蜥蜴邪恶地叹了一口气，垂下头颅，在一阵困意来袭时一睡到天明。

天晓时，大蜥蜴不假思索地奔向一座边近热带雨林的土著住宅，当它爬过一块沼泽地赶到目的地时，果然看见那只数度从它爪牙下脱逃的雄火鸡正雍容大度地散开覆雨羽在一棵芭乐树下散步。大蜥蜴抖掉身上的淤泥四下环顾时，一群食蟹猴从雨林里一路荡秋千飙向土著的果园和畜舍，两个小家伙跳入住宅里合力搬出来一根木勺，家教严谨的火鸡发出大惊小怪的叫声，各类家畜和人类的吆喝里应外合响起。大蜥蜴失望地掉头爬过沼泽地，压过一簇猪笼草钻入芦苇丛，即兴地左窜右遁，漫无目的，再也无力压制的饥饿使它暴躁不安。

……它闻到腐臭味，抖擞精神寻觅来源。一只大猫尸体横躺在一条泥泞小径上，从腹部挂吊出来的肠子猬集着一群青腹大苍蝇，蚂蚁在猫头上鼠窜。大蜥蜴兴奋得从心里狂笑出来。它驱前吐出叉舌将肠子卷入嘴里，用杰可逊氏器品尝一会才吞进肚腹。腐尸是它最心爱的食物。腐臭味是它最喜欢的味道。它张口咬住猫尸，从两颚一松一紧产生的两面挺伸助力不咀嚼地将猫尸送入激动得有点痉挛的空腹中。

……它爬进一个小水潭里洗掉身上的泥土，窜向远方一处边近溪流的同类出没频繁的芦苇丛。猫尸恢复了它的体力和冶游兴致。它喜欢肚腹满载食物的感觉，当这种满足和舒畅涌向全身时，它急着实现从雨季开始以来一直渴望的事情，这件事情像饥饿三天两头困扰它，像猎食行动主宰它的大部分生活习性。它回想上一回做这件事情时是在去年雨季初临的某个黄昏，它击退比自己小一号的竞争对手，凶暴地咬住比竞争对手更小一号的母蜥蜴脖子，将肚皮压着它的背脊，弯下腰来让空心半阴茎和对方的泄殖孔接合。它喜欢自己的尾巴和母蜥蜴的尾巴一起拍舞缠绞的感觉。

它在途中遇见两只雄性同类，立即露出气势万千的挑战姿态，它们略显卑微的忍让态度更叫它意兴焕发。它抵达溪岸后跃入水里洗净身体，霸住溪岸旁一个最高的土墙，摆出健美迷人的姿势，准备向随时出现的母蜥蜴掷送秋波。急湍响亮的流水声激起它的丰富的幻想，残留在喉舌里的腐臭味更是撩炽压抑多日的情欲。十几只蜻蜓在溪面互相追戏，麻雀群发出啾啾声一批一批在芦苇丛里飞逐，溪面响起频繁热闹的鱼喋。

……一个早上即将逝去，它始终没有见到母蜥蜴。它爬下土墙，伏在溪岸上喝水，看见一只燕子从溪面掠过。它应该走遍芦苇丛、平原和沼泽地寻找母蜥蜴，偶尔它们也会刻意隐藏芳踪，逃躲交配季节中太过频繁的雄性同类的骚扰。它沿溪岸边缘的芦苇丛走动观望，最后再度回到溪岸。椰子树和槟榔在溪岸对面扇动硕大的叶干，波罗蜜从半熟的果实中散发出清淡的香味，洗衣粉泡沫随着一阵泼水声从上游漂过来。它看见一个人类蹲在上游岸边的台架上，正在奋力洗刷一堆衣料。它认识这个瘦小的人类，它不止一次藏在芦苇丛里打量过她——它从一次她蹲在台架上向溪流排尿的动作中知道她是一个雌性人类。它的尾巴不自禁地抖动着，从喉咙里吐出浓郁的腐尸味道，凝视那个瘦小人类手脚上的伤痕和出脓的烂疮。它的眼睛闪烁着威胁性的光芒，表情包含暴力倾向，湍急响亮的流水声淹没了它的听觉。它蹲入溪流里，半浮半沉游向上游，从水面暴露出来的小眼睛看见右边芦苇丛走出来两只胆小的、频频四顾的白腹秧鸡，一只攀木鱼拨响胸鳍和尾鳍爬上一块朽木用迷器向空中呼吸，左边一户住宅窗口斜立着一个少年人，手里拿着半壳榴梿。它游到台架下方抖出尾巴将台架上的人类拍入水里，张嘴咬住头发拖向岸边。它伸出叉舌舔着被它的钩爪抓破的衣服中坦露出来的背上燎疤。它用腹部压着她的背脊，凶暴地弯下它的腰部，力大无穷的尾巴在溪面上激起狂乱的水花……

我将肩膀从冰凉的墙壁上挪走，用窗帘擦抹手掌。纱窗、框架、窗台、锁扣、平衡锤槽、墙壁和地面遍洒着白色液体，多刺的榴梿壳在另一只干燥的手掌上留下斑斑点点的印痕。窗外依旧布满叶荫枝影，以及似乎和叶荫枝影融合成一个平面体的溪流、芦苇丛和热带雨林。

在一阵视觉的飘摇和恍惚中，我看见女孩扛着两桶衣服走下台架，嘴里哼着若有若无的轻快的马来情歌。

13

全省中学运动会展开后，我开始寻找墨水瓶上的花材。不值钱的菊花、大红花、茶花在妈妈花坛里泛滥成灾，随时可以插满几个米瓮。我一大早走入花坛随手拗下一枝，赶到学校趁着教室没有人时将茎梗插入墨水瓶。放学后，我开始骑脚踏车四处游荡，有时候我必须骑一个多小时车程，坐渡轮到一个长满灌木丛的河濑带回一种极为罕见的野胡姬。在输运木材的废弃铁轨走上一两个小时，运气好的话，我也可以在枕石间找到一朵野花。在一座山腰上一大片为了吸取阳光和养分而进行激烈斗争的植物丛中，只要够耐心和细心，我也可以找到一朵从一蔸互相绞缠嘶咬的枝干脱颖而出的野花。只要胆子够壮，不去理会猎人的乱弹和野猪的突击，在热带雨林外缘一棵笔直高大的龙脑香或无花果的板状根部下，我甚至可以找到一朵仿佛食人植物一样妖艳的野花。这些点缀着露珠、审着几只不常见的大红蚂蚁、颜色诡异而花瓣庞大得带着童话和卡通意味的花朵出现在教室中时，它们使安娜增加了一种野生的和遁世的意味，好像安娜就匿居在莽林树冠一座小木屋中，那里有锦蛇守卫她的家门，猩猩给她捎来水果，一个不会说话的土著男奴是她的狩猎向导，一只深谙人语的老鹰是她倾吐心声和游戏的对象……总之，它让人觉得非常符合安娜，好像它是顺手摘自安娜卧房窗口外面的盆栽，而这个摘花的人，这只锦蛇、猩猩、哑巴男奴、聪明的老鹰，不管他怎样鬼鬼祟祟，不管他怎样小心隐瞒身份，有一天还是被几个早到的同学发现，用耳语和递纸条的方式在班上传开，女同学用怪异的眼光打量我，伙伴们在热带柳下议论。

"打篮球，抄作业，送花——愣小子，真有一套，她每天晚上把你当搂枕夹着你亲着你睡觉呢。"

瘸脚拜伦朗诵拜伦爵士的一首情诗。大伙说想吐，叫他别念了。

"仔细看看原来这个小子长得一副风流模样……"

一位武侠迷说了一套陈腐词儿，什么"蒹葭倚玉，香温在抱"，什么"其乐融融，甚于画眉"，把热带柳当佳人，边说边做，制造出来的却是恐怖电影广告词儿形容的那种气氛。

"实在没有什么，只不过安娜喜欢花，她拜托我在她回来之前找一些花来插在墨水瓶上罢了，"对这些幼稚的揶揄，我们早已习惯了，几乎每一个伙伴都曾经因为和某位女同学有过一阵子暧昧而遭受这种玩笑，我唯一要做的事是交出更多把柄，"各位如果有兴趣，我可以把这件苦差事让给他，我才懒得每天上山下海拈花惹草，被毒蜂蜇肿了脸，被疯狗咬屁股，被猎人差点当野猪做掉。"

当我的秘密被公开时全省运动会已经接近尾声了。最后一次摘花时，我伏在一座小码头上拗一株附着边近水面木柱上的一朵小白花，当花梗"啪"的一声拗断时，因为用力过猛，整个人差点掉入河里。

代表队回到学校时，全校掀起一阵庆祝胜利的旋风，朝会时，校长骄傲地向全校展示初中部总锦标奖座，顺口称赞一批包括安娜在内的运动员，并且表示这是创校以来最光荣的一刻。在各种伟大形容词都难以表达的兴奋状态下，校长挥舞两手指挥全校合唱校歌，结果平常唱得烂熟的校歌却像一群犯人招供罪证似的嗫嚅起来，一点也没有表现出勇往直前的时代青年精神。死板的在学日继续腐蚀我们的日子，就像什么事情也没有发生过，我继续将作业放到安娜抽屉里，安娜继续跷课，大人们就像非洲草原上追逐羚羊的猎豹专心地过他们的日子，任何声音、景象，甚至旁边出现的一只更肥的羚羊也不能使它分心或停止。这段期间，我只和安娜私下"交谈"过一次，那是省运会结束后第三天，一个和平常一样炎热的午后，放学后，我骑脚踏车越过马路旁一群步行的同学，忽然听见身后传来一阵哼唱声，接着有人几乎像是谱上调子似的唱出我的英文名字。声音是熟悉的，曲调也是熟悉的，我想起在海滩上她第一次喊我时，用的也是相同的口吻、调子和一种老朋友似的坦率。

我放慢速度，安娜像驾艇流畅地滑过来和我平行。

"嗨，谢谢啊，雷恩。"她的笑容并不热烈，但是非常诚挚。

"谢什么呢？"我说。我当然知道她要谢我什么。

"谢谢你的花，"她偏过头看着我，踩踏板的动作非常轻柔和不着力，好像有一帆风在护送她，有一股拖曳力在支助她，"听说你找的花都非常稀奇古怪，非常好看……"

"你听谁说？"谁说给她知道呢？即使是女同学，好像并没有人和她谈得来。

"自然有人告诉我，"她又露出那种独享的微笑，"对了，你还想学玩什么球，请尽管说，我随时都可以奉陪。"

她的感谢是诚挚的，她的这种邀请却未必，那种口气像在说"我其实没有什么时间陪你这个小朋友玩什么球"。我笑了笑，心里仍然在想谁会把那些花形容成"非常稀奇古怪，非常好看"。

"拜拜——"她独自骑向左边一条通向她家里的弯道，"拜"字刚说完，她又开始哼唱起来。这歌声……

一个月后，学校在校园里举办了一次校庆园游会。我一向对这种热闹不感兴趣，伙伴听说届时校园会出现不少外校女生，拉着我在校园晃了半个早上，吃了一肚子同学自己烹调的带着家家酒性质的食物，玩了一些孩子气游戏后，中午我就离开伙伴独自回家，第二天回校踏进教室后伙伴马上向我的座位围拢过来。昨天下午安娜和她的少年朋友在园游会中和负责训练学校田径队的数学老师殴斗，老师被刺伤大腿，据说现在还躺在医院里。动刀的少年人已经被警察逮捕。安娜一连缺了三天课。第四天，我们在布告栏上看见安娜被开除的公告，罪名是"教唆朋友殴打师长""败坏校风""旷课太多"等等。谣言四窜。你可以在图书馆、实验室、宿舍、脚踏车棚、运动场、厕所和走廊上听到各种配合场地性质的喧嚣和耳语，以园游会的械斗、老师的被刺和安娜被放逐为主题，繁衍出各种充满想象力和神秘性的枝节。你上一秒钟在饮食部听见刺伤老师的凶器是半截可口可乐玻璃瓶，下一秒钟在体育馆后面又有另一种凶器供你取舍。你上午朝会时听说老师和五六个少年人搏斗，下午放学后在校门口有人告诉你一个有武功底子的小流氓单挑老师。三个人告诉你安娜参加了打斗，四个人告诉你她袖手旁观。两天后当数学老师拄着拐杖回校任教时，大家开始注意那条伤腿，推测它的康复期和它对主人运动神经的损害度，同时颂扬它立下的功勋，认为它对校誉的维护和对邪恶（我们和警察一样清楚那些少年人的狼藉声名）的挑战令人敬佩。校长记了数学老师一个大功，并且亲自在朝会时摸着这条腿向全校保证它可以像从前一样以国手架势在篮球和排球场上跳跃，同学们第一次见到数学老师拄着拐杖时也纷纷报以英雄式的掌声和欢呼。当报章刊载行凶的少年人将被送到感化院[1]时，大家议论过这位少年人（有一些同学被他欺负过）做过的坏事和他必须担负的刑期后，事情似乎才慢慢平复下来。唯一还偶尔挂在同学嘴边的是安娜的动向，有人说她在外地酒吧上班，有人说她参加了政府开辟内陆公路的工程部队担任怪手操作员，也有人说她四处游荡闹事……

有一天，陈同学把我带到热带柳下。

"我不是跟你说过我还有一些安娜的秘密没有告诉你吗？老实说吧，雷恩，"他露出童子军支使交通时的严正模样，"这些秘密我可以瞒着任何人，只有对你不吐不快。你仔细听清楚吧。"

热带柳叶子的拍击声仿佛被某种演说煽动的群众，善

1　即少年管教所。

变而情绪化的性质使你分不清楚什么是沸腾的耳语，什么是不满的鼓噪，什么是赞美的欢呼，它们是安东尼和普鲁特士[1]煽动下的罗马民众，它们是一群向皇帝歌功颂德的臣僚，它们是酒会中缭绕在喷水池旁边的社交讥讽，它们是一批聆听贝多芬第九号交响曲首演会的有礼貌的耳语者。

"你知道安娜为什么到本校就读吗？从前和安娜有染的男老师和安娜闹出绯闻后在学校里待不下去，第二年申请到本校任教，安娜于是跟着转学到本校。你知道这位男老师是谁吗？就是那个和亚兰德伦[2]一样英俊的家伙，那个混血儿、运动健将、本校田径队教练、头脑一级棒的数学老师，那个在园游会充英雄的可怜虫，那个暗地里狎玩少女的有妇之夫、负心汉子。现在你知道安娜为什么那么卖力训练了吧？你以为她会在乎那几个奖牌，或者什么为校争光之类的狗屁虚荣吗？说穿了，她是在讨好爱人。现在你知道安娜为什么向你借数学作业了吧？唉，你这个傻瓜……你……算了，我不想把话说得太白，看你这个样子

1　即勃鲁托斯（Brutus）。
2　即阿兰·德龙（Alain Delon，1935—）。

好像随时都会跳楼悬梁……总之，我告诉你吧，安娜一直痴恋着数学老师。至于那个眼睛阴险、鼻子高傲、不黄不白的杂种，可以确定的是，在玩弄过安娜之后，正在想尽办法摆脱她，和她断绝关系。你看看他上数学课时掩饰得多么高尚，你看看他用自以为颠倒众生的眼光激发我们的学习潜能时的禅师风范……基于一种嫉妒的或是报复的、教训的心理，或者混合了以上三种的复杂情绪，安娜的少年朋友决定在园游会中把数学老师修理一顿，如果不是安娜，那个家伙恐怕连性命都会丢掉！现在你终于把事情看清楚了吧（你多么像没有见到朱丽叶以前的罗密欧，你这个自怜的、无病呻吟的、忧悒得吓死人的大情人），所谓维护校誉啦、不畏邪恶啦等等，听了就叫人拉肚子，追根究底全是他的风流惹的祸。"

我们在嘲笑或诋毁伙伴时，已经习惯了各种夸张而残忍的遣词用句，有时候这是在表现一种亲昵，有时候是一种轻蔑；有时候这是在表现一种单方面的自我的优越性，有时候是一种相互的自我作贱。一个伙伴说对方"傻瓜"时，可能表示自己比对方聪明，也可能表示对方和自己一样傻。

"好了，我好像说得太远了，安娜是你的心上人，你尽管用你那多情种的眼泪和你那痴心汉的叹息去替她抱不平，用不着我来替你操心……对了，安娜的确生过一个孩子，不过你也许不相信，这个孩子到底是不是那个杂种老师下的种，据说连她自己也不清楚……瞧你一脸不以为然的样子，你这个多疑鬼，你这个爱读诗的妖怪，你还是把你的浪漫情怀剖开来让狗啃吧！我告诉你，我有一个表弟是他们里头的一分子，这些帮派高度机密是他亲口告诉我的……怎么样？你要我把表弟找来对质吗？"

我讶异的模样大概有点滑稽，但是我觉得他的严肃更滑稽。

"喂，我说了这么多，你难道不想透露一点秘密来报答我吗？告诉我你和安娜到底发展到什么程度？从她被开除以后你们就没有再联络过吗？安娜把男女关系看得这么随便，你们——他妈的我真讨厌看见你这种冷笑……"

上课钟响了，我离开热带柳。陈同学和我并肩走上楼梯。

"雷恩，伤心的不只你一个人，我也和你一样偷偷喜欢着安娜……"

园游会事件后，偶尔还有人提起安娜，一个月后，当数学老师的大腿复原后，当整个事件的热度冷却后，安娜似乎已经从大家记忆中逐渐消退，不但没有人再见到过安娜，也好像没有人再提到过、听到过她的消息，她的讯息似乎就消失在一种严密的、残酷的、大量部署的作业中，她的名字、面貌、作为等等也像销毁的密码被神秘地遗忘。最后一天插在墨水瓶里的花朵已经萎缩得剩下一截死壳，再过不久墨水瓶里的水就会干涸，但是并没有人把墨水瓶从窗栏上拿走，也没有人挪走墨水瓶旁边的空座椅。上数学课时，我不止一次发觉数学老师瞄向空座椅时，总会不经意地将目光挪经我身上。学校虽然利用数学老师的名气挂名学校田径代表队总教练，但是他的工作只能说是监督性质，并没有对选手们拟订什么训练计划，选手们只是凭着运动天赋和玩票心理参加省运会。省运会举行期间，数学老师因为负责初中三升学班的数学教学工作，没有随队赴会，他是非常清楚那段时间墨水瓶上出现过什么花材的，我想起那个对安娜把花形容成"非常稀奇古怪，非常好看"的人……有一天，我思索着为什么安娜在省运会期间要我继续在墨水瓶上插花，以及每天早上她那种认真的、细腻的插花动作，她凝视花朵时的忧愁的、若有所思的神情……如果陈同学说得不错，如果她痴恋着数学老师，插在墨水瓶上的花也许是她对心上人的一种爱的表示……一种对爱人的呼唤和思念……"你这个傻瓜……你……算了，我不想把话说得太白"……我转回头去看陈同学，他那双似笑非笑的眼睛像在说："你还是把你的浪漫情怀剖开来让狗啃吧！"

我必须承认，这段期间我的脑子是塞满安娜的，我带着一种渺茫的但却是热切的心情四处搜索安娜。报章上刊载的各种和女人有关的异色新闻：曝晒河畔的女尸、警察在酒廊逮捕的一群陪酒少女、被强暴的女孩、被卡车辗得血肉模糊的一对骑机车的少年男女、被建筑工地的鹰架压死的女工……似乎和安娜有一点关系，似乎又都和安娜没有关系。张贴在电影院的剧照、海报、广告看板也使我泛起不切实际的联想：一个女子被一把刺向自己的匕首吓得魂飞魄散、一批被鞭笞的女奴、一个脖子流着血的年轻女子沉睡在吸血鬼怀里、一个拨弄一箱珠宝的妖冶女子……似乎和安娜有什么模糊关系，似乎又和安娜扯不上关系。

依旧披着红里黑披风大摇大摆从走廊晃过的校长，使我想起审判魔女的中世纪罗马法官。在天气的折磨下，肥胖的英文女老师"恐龙"显得越来越暴戾，不停地捶打讲台斥责我们的愚笨疏懒。在路边经营冷饮摊的中年男人，流露出一种仿佛旧约中和两个女儿乱伦的路得使者的猥琐神情。即使经常在路上碰见的慈祥而佝偻的老妇人，身边也忽然多了一只眼神酷厉的、面貌凶残的瘦猫。那一条每天上学都沿岸经过的溪流，以及生长在溪岸旁的一棵热带柳，从热带柳伸向溪面的一枝横干，使我忽然想起奥菲莉亚在杨柳树上的歌唱和自溺，使我忽然兴起在热带柳下"手语"的冲动……似乎他们和安娜有什么牵连，似乎又没有什么牵连。只稍看见和血、死亡、暴力、罪恶、性等等有关的物事，我就会不自禁地想起安娜，似乎安娜就是从这些物事中来，也应该回到这些物事中去。我没有间断过的自我放逐也随着进入一段黑暗旅程，我数度引领欲望之躯走入一片高大蓊郁的、烟雾弥漫的枞树林，寻找一座不为人知的古堡，但是一踏入遮天蔽地的、鬼影幢幢的树林子里，我就迷失在错综复杂的路径和精灵的迷惑中，像权丫的怪鸟从树巅坠下，巨蟒将一只麋鹿卷入沼泽地里……这是安娜隶属的帮派所在地，她和外人有染而触犯数百年流传下来的戒律，在首脑们额外赐准的一个赎罪机会中，安娜率领伙伴和一个强大的敌对帮派作战，她的部下全体战亡，而她则被活掳。我发觉自己居然是那群戴兽面和披兽皮的敌人中的其中一人，而且参加了污辱安娜的行列……

14

考完高中升学会考最后一科后，我们蹿出考场随着全校初中三学生穿过二楼走廊走到楼下，附和百分之八十强的学生涌向贩卖部，用齿寻和舌畚箕清理一批诸如冰淇淋、可乐、糕点之类的垃圾食物，制造噪音和骚动，偶尔大声呼叫平常不敢呼叫的女同学名字，最后我们班上二十几个男生约好明天到海边玩一个痛快。

第二天早上我们穿着泳裤在海滩上追逐、耍浪、堆土、捉螃蟹。太阳隐藏在枫树林后面，沙滩罩在树影里，一大片起伏不定的滨阶随着退潮暴露在海岸线上，乍起乍落的波涛抖下一拎拎白浪冠，海洋像一块硕大的蓝宝石，地平线像切磨出来的钻桌面。当我们发觉绵长的海岸线杳无人迹时，我们开始卸裤裸泳。擅游者只有两三位，我们兜在海水及腰的沙洲地。波浪涌起时，我们疯狂地跃过波峰，扑向波颈，冲入波道。

"好像有水母。"

"那个地方给它扇一下可不是好玩的。"

"会肿得像木瓜一样。"

"会烂掉。小便有莲蓬效果。"

"脱皮掉毛，变成一只癞皮屌。"

"生一窝癞痢头——瞧！水母！"

大伙杯弓蛇影冲上岸去。

"你捂住干吗？被扇了吗？"

"刚才上岸时，它撞昏了一头鲨鱼。"

有人抓起一抔泥巴抟实后互掷时殃及旁人，被殃及的人也不客气地回掷。战况迅速扩大，最后每个人都参入混战。一抔土准确地砸到某人要害，那人大叫一声，也抓起一抔土掼向对方要害。

"轰坦克吗？这么用力会断子绝孙的。"

"你羞处不好看。"

"谁在乎？我又不想当小电影主角。"

"我将来要当兽医，会做很多阉割工作，我在乎。小心我的土制手榴弹！"

"你当它是狗屎吗？看我炸你个稀烂。"

两个人用泥巴攻击对方要害的动作立即着魔似的扩散开来，在一片戏谑和尖叫声中，大伙一手掩紧下部，一手掐泥巴射击对方要害。

"××被我打中了。"

"不要遮得那么紧嘛，给我一点机会？"

当海岸线出现陌生人时，我们奔回海里漂浮在一批批分不清楚是温柔还是凶暴的浪涛中。雄伟的浓积云和细碎的层积云凝集在四周的天陲地带，天顶近乎秃蓝，树荫正在缩小，太阳蹿出枞树林。在阳光凶悍到可以炙伤皮肤以前，我们尽量浸泡和曝晒。当我们逐渐适应波涛时，我们就可以慢慢感受到海的温柔。我们将头颅浮出海面，偶尔潜入海底做一阵短暂的盲泳，就像鸡仔在母翼下戏耍。我们尽情发泄可怕的精力，而海则以一种悲壮姿态调和疏解我们的粗暴。海像遭受重创的巨人，正在赶赴临死前的大任，海又像一个永无止境地承受酷刑的巨人，像被老鹰啄食内脏的普罗米修斯。海狰狞地将我们簇拥在浅滩上，以汹涌的浪涛呵护我们，像雌狮舔子或母鳄衔雏。

我背对同学扎稳马步半蹲在沙洲地上，荒凉的海岸像航行中的一片船板。逐渐升高的水温使海面以衣袂的轻盈在我肩膀、背部和胸前拍浮，我的身体若升若沉、左摇右摆，大地和天空在我眼里起伏晃动，偶尔四周的景致像跳降落伞时感受到的晕眩般的轻盈，偶尔像坐在翻越障碍的坦克车时感受到的锤炼般的重量。阳光像一大片碎玻璃在海面上弹跳，一列列枞树林在季候风中折折扇扇。

在视线可触的遥远海岸线上，在一片跃动的水汽和光影中，一些细小的点飞翔似的接近我们。我看见一个穿着红色泳装的女人走在这些点的前面，她披散墨黑丰累的长发，打赤脚，正在沙滩上慢跑，一个大约六七岁的小男孩骑着一辆小脚踏车跟在她后面。阳光燃烧着她的红色泳装，使她像一团火扑涌而来。她的骨架硕大，通体棕红，肉质均匀，手脚稳重有力，流露出一流运动家风范。当她怀着身后那位显然是她儿子的小男孩时，胎儿的负荷增强了她的臀部屈肌力量，卸下胎儿后就像卸下一个三公斤重担，她的步伐轻巧得犹如豹跃。她专心而充满自信,知道自己体态优美,脚掌踩出抒情的水花,头发抖出醉人的节奏。

一辆满载着人的敞篷吉普车在后方缓慢地追踪母子俩。当母子在离我们不远的沙滩上驻足时,吉普车熄灭引擎,几个人从车座上跳出来,小孩子拿着泳圈、水球、塑胶桶等等跑到沙滩和海水里嬉耍,大人则开始搭帐篷。

女人抬起一只脚踩在车头护杠上用毛巾拭汗,拉开一瓶罐装饮料啜饮,架势像极一个卖饮料的广告女郎。她把喝了一半的饮料放在车头上,加入搭拉帐篷的工作。

伙伴们在海水里围成一圈开始少年时代最后数场的虚无辩论。一位同学抱怨华文科考题的语释部分不是出自《离骚》,而是《项羽本纪》,开始大骂华文老师,引起一阵附耳抢嘴。阳光照在他们红润的脸颊和潮湿的头颅上,海水冲刷着他们苍白而瘦弱的胸肌,可以隐约看见水底下赤裸的下体。他们的肩膀载立如石块,一身骨骼宛如柴束,眼神锐利如刀,声音已经开始趋向大人的沙哑低沉。偶尔一个带着斥喝意味的大浪拍击过来,暂时被冲散的辩论圈立即又回复原状。海水的咸味、某种腐味、少年人的体味在我的嗅觉里游荡。

我涉向辩论圈，两手各攀着一个伙伴的肩膀。我陆续嗅到类似口臭、唾涎和尿液的味道……

"我再也不用看海伦卖骚了，她身上洒满她老祖母用过的香水，"一位同学说，"为了纪念和她同窗三年的不幸，上个星期五一大早我在她抽屉里撒了一泡尿。"

"前天我翻墙到爱玛家里去，用鸡屎涂抹爱玛晾在晾衣绳上的内衣裤，"爱玛是班上一位戴深度近视眼镜的胖女孩，说话的这位和她是邻居，"我的妈咪，她的内裤可以穿在非洲象屁股上。"

"上个月，我因为感冒没有上体育课，在教室里偷看茉蒂的日记，差点笑得在桌子上撞断了鼻子，她在日记里写说'女生和男生对视数秒钟就会怀孕'，我的圣母马利亚——"

"我这么英俊，茉蒂从来不敢看我——我早就纳闷。"

主题转向"女人和性"时，大伙的兴致明显攀高，有些家伙的肮脏念头令人作呕。

我从伙伴肩膀上方向远处眺望，穿红色泳装的女人正慢慢涉入海水，浪涛逐渐淹没她的小腿、膝盖、大腿、臀部。她的下水动作缓慢得看不见任何肢体的移动，仿佛是海水暴涨过来将她淹没，就像乌云袭向明月。当海水上升到胸部时，她揽住一个波道，以熟练的自由式挺进。她的划水和踢水动作依旧缓慢，但是却前进得相当快速。两手先后做完一个划水动作时，可以看见埋在水面下的脸膛一个翻折，从水面露出五官换气，偶尔从嘴里吐出一注水花。她在海面上来回漂浮，翻越或潜入波浪，划水动作柔如采花，精确如一个精神抖擞的敬礼，当她的手从水底下越过腿侧从身后高高而缓慢地插向天空落入额前的海水做下一个划水动作时，就像一只蝎子翘起有毒的尾螯越过背脊伸向钳爪里的猎物。我退出辩论圈。

"事情很清楚了，"我想象阿果号船舰的英雄们倚着船舷、绳缆、桅樯，坐在船板或酒桶上，一边喝酒一边悠闲地谈论希拉诗的失踪，一个胡子浸满酒渣的家伙说，"天气太热了，希拉诗跳到湖里洗澡，但是湖底太深了……"

"他在水里来去自如，像一头鱼。"阿果号领导人杰逊说。

"也许他撞到湖底下的石头晕过去了，"深谙鸟语的莫苏士说，"对擅泳者来说这是常有的意外……"

"我想他活得很好，"女英雄亚特兰黛微笑着回忆美少年的丰采，"如果他到湖里洗澡，他的衣服、粮袋、匕首、投石器和鞋子应该会遗留在岸上，可是岸上就只有青铜壶，很显然他想离开鹤秋力兕……"

"那天早上，我在树下弹琴给鼬鼠跳舞，我发觉希拉诗上岸时，他的粮袋装满了粮食……"希腊最伟大的乐师敖斐士轻拨竖琴。

……　……

我听不见伙伴的辩论，耳朵塞满涛声，海水逐渐淹过胸廓、下颚，脚底一阵踩空，整个头颅立即被海水淹没，吸进几口海水后，我睁开眼睛，拼命用双手拍打海面。一块红色物体向我扑来，我的胁下被某种柔软但是粗暴的东西拴住，强大的力量将我的身躯往上拽，当鼻子呼吸到空气、脚掌踩实后，一只强壮的手从我胁下松开，我摇摇晃晃站在海水及胸的沙洲地上。

"你没有事吧？"穿红色泳装的女人看我站得有点不稳，再度伸出五指抓紧我的胳膊。她似乎并不忌讳我泡在海水中的隐隐约约的裸体。

"没有事……"我说。

"你不会游泳吧？"女人松开我的胳膊。她声音粗糙，年近三十,五官凸的凸,凹的凹,非常西式,不过仍然带着东方色彩和本土风格,一眼就看得出来是个混血儿。她皱着眉头,像一个把警戒线外的泳客揪回安全地带的救生员盯着我,太阳照在深红色的脸颊上使她的神情显得有点凶暴。

"……"

"不会游泳就不要到水深的地方去,回到你朋友身边去吧!"

女人用一个充满张力的姿势揽住一个击向她的波道,在水底下潜泳四五公尺才浮出海面,继续在逐渐汹涌的波涛上锻炼身手。

伙伴们向我围拢过来。

"雷恩,那个女人对你说了什么?"

"这个家伙被女人救起来了,真是艳福不浅……"

"你瞧他的脸色白得像鬼一样……"

"你还好吧?"

…… ……

第三章 ————

15

在这座蛮荒岛屿上，我们总是比别人渴望呼吸到文明世界的气息，就像大都市人喜欢把房子装潢得充满蛮荒气息。一小块文化上、艺术上的小投掷，就能使我们沉寂太久的高脑层的精神湖泊激起广泛的感幅和深度的知性沉荡，使我们拥有诡异表情的髑髅更具辩质和质疑精神，有如一辆劳斯莱斯冲进石器时代原始人居住的岩穴中。一场二流演讲，一场三流演奏会，一部得过奖的电影，一出业余水准的莎士比亚舞台剧，一本辗转到手的好书，一张被各种好坏唱机播放过的唱片，都使我们趋之若鹜，不识好歹和不自量力地咀嚼，即使知识的一小片叶子只够遮住我们的羞耻器，我们还是迫不及待地用猿啸去共鸣贝多芬的交响乐，用泰山的荡索飞荡在文明丛林里，希望两纵三跃就跳进卢浮宫，变成一个文质彬彬的绅士用近视眼去欣赏蒙娜丽莎的微笑。

像母亲又像孩子的、像圣母又像兔女郎的微笑……我们总是无可避免地又回到低脑层的精神湖泊，它和高脑层的精神湖泊拥有一个底蕴，四周穿梭着爬虫类……在文明世界里，我们原始欲望的黑豹躺卧在窗栏上、沙发上、压克力招牌上、阳台上、行道树上守望我们，陪同我们在错综复杂的水泥森林里进出和呼啸……

你优雅的琴声猛烈地触动我，犹如蒙娜丽莎的微笑、汲水的维纳斯和钗镝鬈松的晴雯触动我，而我总是将你和你的琴声想岔，犹如我将钗镝鬈松的晴雯想岔。每当我低脑层的精神湖泊响起爬虫类的疾走声时，你高贵的琴声总是适时出现，并且撒下圣洁的光辉和谴责性的乌云，我看见自己的性具背负欲望柱走向行刑地，在被钉在柱上的一刹那，它不得不低下了头，露出一副充满告诫意味的蔫萎状。

16

"以后就固定到我家来练唱吧，"路易士·朱说，"你——雷恩·张，还有你——爱德华·余，再加上我——路易士·朱，我们三个人可以组成一个有模有样的三重唱。"

路易士和爱德华是我的高中同学和死党。一九七四年，当我们从高中毕业时，我，路易士和爱德华，以及全班将近四分之一的同学打算出国完成大学学业，学制的差异、申请作业的延宕和一时的犹豫，使我们在出国前搁着半年到一年多不等的闲日子，变成索尔·贝娄笔下那位服兵役前无所事事的摆荡的人。尤其是我，十二月考完高中毕业会考后，我申请的那个国家的大学要到十月初才开课，这中间多出的十月青春，像吃得快要撑死的秃鹰嘴里叼着的一块大肥肉。十个月可以使女人完成一次怀胎过程，可以使一个惯窃犯进出监牢好几趟，但是对住在这个蛮荒岛屿上的我们来说，却只能重复过着磨菇和等待的日子，即使一张政治宣传单也比我们一成不变的日子有趣。一点变化是需要的，犹如一个太平了十年的小村庄需要一桩谋杀案来吸引外界的注意和调整一下文化、生命观的发展，于是路易士找我和爱德华用三把六弦琴和一个半嗓子组成一个自弹自唱的、自娱的和业余的三重唱合唱团。

七十年代中期，受到西方潮流、嬉皮思想和摇滚歌谣影响，本地志同道合的年轻人喜欢聚集一块筹组一个以电子吉他和锣鼓为主的乐队，讲究一点的，则再加上电子琴、喇叭和其他吹弹打击乐器，练习到相当水准后，有人就会鼓起勇气参加由一批私人团体举办的一年一度全镇乐队大赛，名列前茅的乐队不仅声名大噪，还会经常被邀往各种团体举办的宴会或舞会中表演，虽然酬劳并不丰厚，但是已经使这些小毛头受宠若惊了。路易士找我们筹组合唱团，多少是受时势影响吧？只不过我们的伴奏器具是三把木吉他，还没有喧哗粗野到能够参加比赛。

这个我现在想起来仍然觉得好笑的乐队兼合唱团完全在路易士的热情感召下形成，他甚至半开玩笑说这个别具一格的合唱团如果公开演奏，可以对此地歌坛产生某种承先启后的催化作用。路易士是一个苍白清瘦的、说话细声细气的男子，但是唱起六七十年代充满呐喊、控诉和个人主义的西洋摇滚歌谣时，他的额头到脖子立即泛出一片健康的红色，充满破坏力的嗓子简直像一具电锯啃啮一棵千年死树。唱抒情歌曲时，他的歌唱风格就会倏地一转，颇有小家碧玉的幽怨和消暑意味。他曾经三度获得全校独唱比赛冠军，在国际青商会举办的全镇独唱比赛中，只败给一位受过正统训练的女声乐家，屈居亚军。如果是在大都市，我相信他早就被传播公司网罗，塑造成一个广受欢迎的热门音乐歌手。这样一位人物要组一个三重唱，别人当然没有话说，问题是我和爱德华。爱德华还好，中学时他曾经是合唱团团员，又对歌唱多少有些兴致。而我，我是完全不能唱的，我只能在刷牙和洗澡时鬼叫两句。兴致和能力是相对的，我唱得不好，自然也没有想到要在这方面用功。我认为我是浴室型歌手，爱德华勉强说得上是客厅型，而路易士则完全是舞台型，浴缸、沙发和雷射[1]只有在超现实的绘画和诗句里才会一块出现。

我小时候听过家里一只母鸡模仿公鸡司晨，我知道那是怎么回事。

不过我和爱德华至少还有一个优点：我们的六弦琴都弹得不错，这就变成路易士大做文章的地方。

"雷恩，你那手从什么传教士学来的古典吉他，全镇找不到三个弹得跟你一样棒的家伙。你，爱德华，我们从小玩到大，你的吉他师承雷恩，直追祖师爷。"路易士说这话的神情，仿佛当年约翰·列侬在利物浦找保罗·麦卡特尼等好友筹组披头士合唱团，"你们是第一流的好手，又是我的好兄弟，我到哪里去找比你们更适合的伙伴？歌

1　雷射：台湾用语，此处指激光视盘。

唱技巧是要练习的嘛，即使喜鹊每个早上都要吊嗓子。开始的时候，你们先把握好和音技巧，由我主唱，等默契够了，唱腔也够水准了，我们三只大鹏再一飞冲天去。再说，不过是自己关起门来弹弹唱唱罢了，又不是到蒙地卡罗登台去。你们不跟我玩玩，我就再也找不到其他人了，恻隐之心人人有嘛。"

"你这个纨绔子弟，要我们陪着你颓唐作乐。"家境富裕的路易士被爱德华嬉皮笑脸骂道。

"耶稣钉在十字架上时，是要两个小窃犯作陪的。"我说。

我们就勉为其难同意了。这就是我前面说的三把六弦琴和一个半嗓子。

17

路易士的父亲是蚬壳石油公司的高级职员，他们的家坐落在这所跨国企业分派给他父亲的一栋近海楼房中。这是蚬壳石油公司在本镇建设的宿舍社区之一，近海的地理位置代表某种特权的一通关说电话的不可轻侮性，某种外交豁免权，某种手持已开发国家护照的先知般的醒觉。除了邸与邸之间稍嫌狭隘的五十公尺间隔显示它还有点像宿舍，任何落难的王公贵族住进去也不会觉得委屈，事实上它那一点稍嫌狭隘的间隔更显示出某种难以高攀的亲密性，仿佛是一个荒淫国王分派给王子和公主们居住的小宫邸，尤其当你打算推开每家门前以尖椿、矛头、涡卷形装饰和金属网组成的锻铁栏栅时，一种森严和宫廷气派使你期待穿着制服的深色皮肤人种的守门人和一群狼犬走过来喝问你的国籍和可疑的拜访。

这当然不是我们第一次到路易士家做客，因此我们显得很自在。在路易士书房里，我们的乐队就在六弦琴的校音中诞生了。

也许路易士是对的，三个臭味相投的家伙合力完成一件事情时，彼此长短处互相补截和精神、力量的凝聚——就像用汗水、吆喝和地狱般的煎熬合力竖起一个巨大桥墩，这里面就充满乐趣和挑战。钟馗和蝙蝠，牛头和马面，桃太郎和猴子、野雉、狗，这些东西聚合时就形成吓阻力、故事性和文化意义。我敢说，如果路易士不强迫我和爱德华开口，单单凭着我们三把六弦琴和路易士的独唱，我们有资格被聘请到一个私人宴会或者一座乡间酒吧去给客人提供一点娱乐。

可是路易士非要我把如厕时被当作某种助力的不知觉哼唱和爱德华只适合增进天伦之乐的人子之声加入我们露天酒会情调的背景六弦琴和他那牧歌式的渗着羊乳和蜂蜜的讴唱中，而我又比爱德华荒腔走板得厉害。在路易士的认真督促和爱德华逐渐攀高的热诚中，我将七分力量集中耍弄我的弹奏技巧，希望能够在伴奏上取得领导地位，弥补我在合唱部分的拙劣和职责的逐次递减，就像叫得不好听的鸟会在飞行技术上凸显它的优异。我希望我根本不用开口，但是用得着我的地方，他们也绝对不会放过我。

第一天，唱到一首由美国一个七十年代乐团创作的歌谣《恶月上升》时，路易士带着慈父的神情交给我一段独唱部分，并且用一种呐喊和宣泄式唱法示范一遍。

我竟然鼓起勇气唱了，就像满月时逐渐露出原形的狼人呻吟……

"——嘻！"

一种似乎是禁不住触痒而爆发出来的笑声打断我们的

狰狞神情，使我们不自觉地停止弹唱，同时朝路易士没有关上的房门口瞧过去。我尤其羞愧，因为我们都听得出来那是一个女人的笑声。

一团若有若无的影子从房门口掠过。热带的宁静午后，轻微的潮声，树叶的窸窣，风铃的触撞，使这团影子有一种地域性的藏匿习性和某种呼唤即出的可能。

路易士露出不悦的神色。"是我姐姐，"说着对门口喊道，"凯，你这个捣蛋鬼，不要偷听！"

他并不叫她姐姐，而直呼她的小名，还叫她"捣蛋鬼"。我们都知道他的姐姐的英文名是凯瑟琳，为了表示亲昵和省事，一般人都叫她"凯"。在英文里这个"凯"是猫的意思。

我那啮齿类的不适合歌唱的嗓子正在自我检讨，我那一点点勇气正躲在洞底发抖。他们却说我唱得还好，要我再试一次。等我的勇气再次出洞时，他们已经同意删掉我的独唱部分，由路易士主唱到底，我和爱德华则负责诡异而神出鬼没的和音。那真是古怪的情境，仿佛一只早起的喜鹊在灌木丛中鸣叫，而两只站在它脚底沼泽地上的青蛙却咕咕呱呱抱怨它打扰清梦。

练唱时，我发觉爱德华眼里放射出奇异的光芒，并不盯着乐谱，而是看着门口。因为门口背对着我，我于是随着他的视线看回去。又是一团影子一闪而逝。我们三个人再度停止演唱，同时看着门口。门口里逐渐出现一个人头，先是一团垂直的但是带一点尾巴的翘性的黑头发，然后是一张倾斜的充满笑意的脸，脖子以下的身体则完全隐藏在门后。那凸悬门口里的人头，使人想起窗口下松鼠的半公开和半隐秘的觅食，使人产生一动不动的、不想扰闹的移情作用。她用友善的、没有什么重要背景的、处于很松的弹性位置的态度看着我们，她的意味已经超过试探性，而进入深入对方秘密的闪忽不定的揣摩和显然使她自己也十分兴奋的冒险。她那不正经的、不敢露出大部分身体的姿势，自然而善良地流露出被原谅和被允许的请求，另一方面似乎是无声地表示如果我们不欢迎她的光临是多么不近人情。由于她的笑脸的强烈感染力，我和爱德华的尴尬立即被良性地释散了，而要发怒的路易士只是好气但是更好笑地看着姐姐。

"嘻！"她的头一摆，角度更倾斜了，这种打招呼的方式十分逗人。

"走嘛，走嘛，不要站在那里！"弟弟终于吆喝道。

她并不生气，一甩头，就消失了。

路易士站起来把房门带上。"无聊！"

我们在路易士家里并不常和凯瑟琳碰面。在残存了一点英国血统的母亲的保守思想坚持下，路易士的姐姐从小在一所贵族子女就读的私立女子学校接受教育，高中毕业后，她的父母不放心她一个人到国外求学，等路易士毕业后姐弟俩再一道出国。多出的一年时间里，她经常和那位对婆罗洲的酷热和蛮荒十分反感的母亲出国游玩，不常待在家里。偶尔我们在她家里碰见她时，总是看见她笑嘻嘻的、两颊红通通的、一阵风地从我们身边掠过，身上总是穿戴从国外采购的衣服和首饰，有时候像纽约曼哈顿街头的跷家女孩，有时候像巴黎香榭道上的仕女，有时候又像南美女郎。从我和她数次的快速照面中，她给我的片面印象是达观、大方、充满照明度和服务热诚的，有南国姑娘早熟的粗犷和壮大，有北欧姑娘从磨坊和主日学课程里陶冶出来的好劳性和教养，而没有华侨的土味和富家子弟的故作姿态。我尤其从来没有见过一个这么爱笑的女孩。

大概是受到一种童稚的感召吧，我放开嗓子、毫不做作和压抑地唱起歌来，虽然我知道我的嗓子不够水准，但是越不会唱歌的人在放开胸怀高歌时越是可以自觉到乐趣。不会驾驶汽车的人反而更容易想象操纵驾驶盘的趣味。路易士或许对这个合唱团怀着某种野心，但是对我来说则完全是自娱性质，你不放开胸怀怎么享受互砸烂泥巴的乐趣？路易士是一个耐心和善解人意的好朋友，他很高兴我这么快就进入状况并且得到乐趣！

咯咯咯。

半小时后，有人轻轻地叩着房门。敲门的时间和轻重显然经过拿捏，在我们用主音、底音和和弦合奏一段柔和的尾奏并且结束一首曲子时。

"凯，是你吗？"路易士说，最后一个钩弦式伴奏还在他的鸣音箱里回响。

咯咯咯。

"干什么？真烦人！"路易士不耐烦地提着六弦琴去开门。

凯瑟琳用一种不着力的、像在寻找下一个着落点的姿态站在门外，笑眯眯看着比她高大的弟弟，小声说："路易士，我可以进来听你们唱歌吗？"

虽然她故意压低声音，但是我们对辨别音律特别敏感的耳朵还是听得一清二楚，我们尤其听出她的声音的旋律性。她说"路易士"并不是平板直覆，而是谱着几个音符，感情丰富，音效优美。后面那句话则强弱适中，充满音乐表情，"唱歌"二字咬得特别准而重。

被贫苦出身的父亲送到平民学校就读的路易士并没有和贵族学校出身的姐姐有任何隔阂，他似乎把姐姐看成弟弟，用首席当家继承人的威严道："调皮！去，去，去！我们忙得很！"

"好不好嘛？"她降低两个音调，但不减愉悦和轻快。这几个字不像是"说"出来，而是像呵热火柴棒似的"呵"出来。

"不好！不好！"

"我不会打扰你们的，让我进去嘛！"

"不好！不好！有你在场，我们会不自在！去，去，去，我要关门了！"

她对路易士斩钉截铁的拒绝毫不在意，仿佛饲养鹦鹉的人对宠物的越是不可理喻越是觉得可爱和独具异禀，在门掩上前向我和爱德华瞄了一眼，"嘻"地笑了一声。

以后我总觉得门后贴着一只耳朵。

18

第二天我们继续回到路易士房间里练唱，一个小时后，当我们唱完某首曲子时，房门又"咯咯咯"响起来，不待路易士喊话，房门就轻轻地被推开，凯瑟琳笑得像个小仙女似的捧着一盘饮料站在门外。

"我弄了饮料请你们喝。"她径自走进来，从我们面前摆满乐谱的长方形茶几上面整治出来一个空间，将四个圆形纸垫摆上去，又将四杯插着吸管、湃着冰块的椰子汁按在纸垫上，冲着我们三人又是"嘻"的一笑。

"这多出来的一杯给谁喝呢？"渴望水分的乐队主唱人首先被看起来清凉可口的椰子汁引诱出啜饮的快感，拿起玻璃杯子吸了一口。

"这是我的，"她把茶盘揽在背后，弯下身子打量弟弟，"我可以在这里待一会吗？"

"你——啧，真是——"路易士放下杯子，瞧着我们。他呐喊了半天的喉咙受到姐姐调制的饮料的滋润，整个人似乎恰意许多，一种穿越一条黑暗的小径、偷采篱笆上的水果、被一只鹅追逐的共患心情暂时占据了他，我确实看到他瞧向我们以前，他逗留姐姐脸上的眼神现出一阵柔光。

我和爱德华还有什么话说呢？她的态度，她的消暑饮料，她和路易士在某棵树下共同拥有一个埋藏宝物的地点的微妙情谊，使我和爱德华只有和气地回应她的笑脸，低头喝着她的饮料，并且愉快地感受一家人共围一张饭桌时不为客人享用的庭趣。

"你给我乖乖地坐到一边去，可不准你弄半点声音出来。"在我们无可无不可的默许下，路易士对她下令道。

"好，好，我向你们保证，我绝对绝对不会打扰你们，绝对绝对不会弄出一点点声音出来！"她像和父母做了晚安吻别并且承诺将会好好睡觉和盖被的小女孩，捧起那杯属于她的饮料，几乎是踮着脚尖走到路易士床边，蹭掉便鞋，用一种打坐方式坐在床缘上，一只手肘腿支腮，另一只手捧着饮料凑近嘴边啜饮，仿佛一个临睡前的小女孩正充满好奇地倾听一个例行的、没有训诫意味的床边故事。

我们围坐的方式呈一个三角形，我坐的地方面对路易士房间里的一个窗口，凯就坐在我的右手边，她可以看到路易士的正面，爱德华的背面，我的侧面。我虽然并不反对她的在场，可是我又不得不承认她的在场暂时改变了我们的练习形态，因为我和爱德华都忌讳在一个女孩面前显露我们的嗓子，善解人意的路易士于是专挑可以供他独唱的曲子，让我们把全副心思集中在伴奏技巧上。唱完两首曲子后，凯渐渐有了反应。她试探性地在路易士唱完一首曲子后小声地鼓起一阵掌声，这样鼓了三遍后，她就轻轻地、有一阵没一阵地随着旋律哼唱，显得非常融入和自得其乐，然后她就从床上走下来，一边随着旋律摇摆身子一边哼唱着走到我们身后，用点头和身体某部分的摆动来追合拍子，偶尔在哼唱中咬出一两个字甚至一段歌词。当我们唱完一首曲子转过头去瞧她时，她立即伸了伸舌头，用手捂住嘴巴表示破坏了禁忌。她轻巧而小幅度地在我们身后盘旋，不时弯下腰来盯着我们眼前的乐谱，歪着脑袋细瞧我们在指板上滑跳的手指，有时则什么都不看，冥想式地随着节拍摇着头，好像坐在音乐厅边座的人以姿势的转换来接受乐器的直接震撼，又像是以研究精神去追踪一个不明显的泛音或一个快速的装饰音的纯度。忽然她一个转身走向门外，再回来时手里捧着一个点心盘子，在我们商量一首曲子的伴奏方式时小心翼翼地摆在茶几上，向我们指指点心盘子，又踅回我们身后，认真而满怀兴致地倾听我们议论，像在监督和培养一个管弦乐团的表演情绪。当我们开始演唱时，她又重复着若有若无的哼唱和摇摆，而除了这似乎是情不自禁的哼唱和摇摆，她的确遵守"绝对绝对不会打扰你们，绝对绝对不会弄出一点点声音"的承诺。

她的哼唱和摇摆倒也没有打扰我们，反而使我和爱德华渐渐放松了心情，渐渐有了张嘴的勇气——或者说不是勇气，而是兴致，而这股兴致显然感染自凯。凯的没有文字的哼唱，没有语言的摇摆，没有充分现身但是逡巡在我们眼角、眉边、额顶、鼻缘、嘴旁的高感度影像，以及那逐渐使我们熟悉的女子气息，事实上正充满文字、语言和讯息，她使我们当初不论碰摸什么总觉得过敏和留有余地的触觉逐渐趋向正常的粗糙，使我们在她的殷勤照拂下落入马儿恋槽似的慵乏和随意中，使我们融入彼此可以促膝恳谈的家庭气氛里，使我们觉得在经过一段投契的礼貌攀谈后逐渐进入儿时记趣和校园忆往的热度里。她的哼唱随着歌曲的内容而巧妙地变化着情绪，有时候完全是无忧的，带着服勤式的轻快和解说能力；有时候则是咏叹调的，但不至过分愁惨，仿佛只要俯仰片刻就可以拨云见日，甚至转啼为笑。音量的大小和时机的掌握总是恰到好处，从来不会干扰到我们。当我们的伴奏过于枯燥、公式化和缺乏活力时，她那适时涌现的歌声反而给我们带来润滑和提挈作用，让我们继续维持无所为而为、不用考虑别人反应和不媚俗的自娱性质。她的没有文字和语言的讯息，她的闪烁不定的影像，她那看似骚扰性的盘桓，逐渐变成我们熟悉的和理所当然的存在，就像我们的手指在琴弦上滑走和按击时摩擦出来的杂音，这种杂音对不懂弹奏的人来说是毫无意义和累赘的，但是对一个六弦琴爱好者来说，只有在他琴艺达到某种成熟度时，只有当他的音乐是在一种不费力和自然的情况下流泻出来时，这种带着父母似的叮咛、亲朋好友似的唠叨，窸窸窣窣的杂音，才会在他心中形成掌握到技艺的快感，形成问候的、亲切的、相互关怀的情愫，形成捕捉到灵魂运作和思想齿轮转动的华丽意义。

爱德华，这个合唱团团员的歌者，以他那组织性和配合力特强的韵律感，以他那专长的男低音随想性地配合路易士，一个合作无间的二重唱就在一种自然需求下诞生了。所谓"合作无间"，并不表示他们的搭配有多完美，而是表示他们心情的融洽，他们歌声之中所透露出来的活力和正在寻找风格的挥洒性。爱德华的尝试和错误虽然不时阻断歌曲的行进，但是也不断带来出乎意料的效果，一首《恶水河上的大桥》使他们的呼吸归于一致。

凯的兴致更高了。她优雅而受教似的盘旋在我们身后围成的四分之三个圆周里，她充满光和诗的回响激荡着我们的幽黯，她那舞者的低回抒发着我们潜伏的歌者的戏剧面貌，她以保姆的慈颜聆听我们三个大娃娃对雷雨夜的噩梦的泣诉和自怜！当我们结束一首歌曲时，她并拢左手手指用力拍击右手手掌边缘，发出热烈的但是小声的、窒息的掌声，只为了不过分惊动我们。如果我和她已经熟稔到某种程度，我会劝说路易士宽待她，我会对她说：你闹吧，你吵吧……

这样四五首曲子下来，如果我还不开窍，倒显得我在闹什么别扭，但是想起我唱《恶月上升》时听到的笑声……我的犹豫还没有来得及成形就被路易士和爱德华的邀约打散，于是我也终于在凯的面前开口了。我早就该开口的，要笑就让她笑吧！

凯依旧认真而充满兴致地聆听我们的三重唱。

　　从这一天开始，凯就变成我们的忠实听众。她不时从那扇为她开启的房门进进出出，有时候她会在我们身后逗留一段时间，有时候又一溜烟跑出去，在我们毫不知觉时忽然又静悄悄地出现在我们身后。她总是在路易士房间里保持高度的游荡兴致，好像她是第一次来到这儿，做着欲去不去、欲留不留的观望，极新奇地巡视路易士的书架、书桌、墙壁上的海报和照片，顺着主人习性完成一些瞬间性的整理工作。偶尔她会以打野食时意外收获的心情，从什么地方抽出一本书或杂志不认真地浏览一番。不管她在房间里是动态或是静态，是站在我们肘边或是远远地搁在我们眼角，她总是不忘记将大部分心思放在我们的演唱上，那随口的哼唱轻易融入从鸣音箱里流泻出来的弦音中，好像她就是生长在鸣音箱里的一个歌唱的小精灵，而茶几上的热带水果、英国饼干、马来糕点、印尼小吃、巴西咖啡，窗台上的她不知道从哪里弄来的荷兰小百合，隐约显示了她喜欢展示收藏和轻易允诺的孩童性情以及某种天真的泛爱主义。

　　在第一个星期里，她极少说话，她的"嘻！""嗨！""嗯——""嗳——""噢——"时常是某种问候、邀约、礼让、领会，似乎她十分习惯和母亲周游列国时在语言不通的国度里的沟通方式，这种沟通方式效果奇佳，我们从来没有拒绝过她的饮料和点心。她的语言总是那么精简和原始，当我们停止练唱并且天南地北瞎聊时，她静静地坐在我们身后她为自己准备的一张椅子上，好奇而精灵地看着我们，仿佛一种擅长爬树的灵长类躲在窗外聆听一群准备进京赴考的书生朗读八股文，如果我们的话题逐渐粗糙和男性化，她会乖乖地退出房外让我们畅所欲言。当我们相处得相当热络时，她的语言还是不脱童稚，"好吗？""可以吗？""没有关系！""真的！""太好了！"让老成持重的爱德华和愣头愣脑的我捉摸不透。

虽然她并不是我们乐队的一员，但是她已经和我们的乐队形成某种亲密关系，而这种亲密关系使我们有点先天不良的乐队得到了滋补，得到了无限的发展空间，我们的练习渐渐多了专业精神，好像有一个什么十年合约、经纪制度、宣传计划在背后支撑我们茁壮。如果不是路易士坚持乐队的纯男性化，凯其实很有希望成为乐队的一员，因为有一次我们请她在我们的伴奏下独唱几首曲子时，我们发觉她唱得并不坏，至少比我和爱德华好，但是当我和爱德华半开玩笑地邀她加入时，她却立即伸了伸舌头，说："啊，啊，不好，不好！不适合，不适合！"然后我们就听见路易士细说一个男女团员组成的乐队的坏处和限制，而她则大表赞成地点头和微笑，好像在说："可不是吗？可不是吗？"不过我和爱德华却不明白有什么"不好"，有什么"不适合"。有一次我们私下向路易士表示，如果凯加进我们的乐队，将来乐队有机会公开演唱，凯的相貌无疑地会增加吸引力，然而路易士只是不置可否地笑一笑，一再举例说明流行歌坛上的成名乐队大部分都是纯男性，女性只适合单独演唱，即使自娱性质也不可以太过胡闹和放纵，专业的自律和上进是必要的。我和爱德华却不明白加进一个女人——一个像凯这样的女人——有什么"胡闹和放纵"，和什么"自律和上进"有什么相关。

这并不是说我认为凯长得有多好看，虽然我从路易士口里知道镇上有不少年轻人在暗中追求凯。我们这种年轻人欣赏女人第一个着眼点就是外表，长得好看的偶像型人物很容易吸引我们的注意，而根据这个外表，我们会进一步想象她有和外表一样完美的内涵。凯的外表足够作为第一个吸引人的着眼点，但是因为内涵放射出更大光芒，她迷惑年轻人的外表在我眼里反而不那么耀眼了，更理想主义地说，它似乎有点"赶不上"她的内涵。有时候我会不切实际地想，如果她长得丑一点，把所有的外在美都收敛起来，都丰富内涵去，也许更可以形成一种耐人寻味的、独具一格的魅力，一种适合书写和歌诵的戏剧性……

她的五官和脸型很难用文字说得清楚，我想任何好看一点的女人都是这样，而不论好看或不好看的女人，她们都有一两点迅速掳住男人直觉和好感的地方，这种最动人的地方往往带着动物性。凯的身上就有几个这样的动物性，这种动物性就像其他女人身上的动物性，它很早就吸引了我，但是一直要到我和她相处一段时间后才渐渐追踪到一个出没范围。凯不微笑的时候——那是有时候我无意转过头去看见凯坐在床上的时候——我发觉她有一双撑得很开的、组织清澈的、色泽强烈的、非常类似猫科类的眼睛，这使我想到她忽隐忽现的、来去无声的行踪，她那简单的但是回避性很强的语言，以及她那带着纠缠性但是不妨碍人的存在，于是我又进一步觉得她那亲切的、好相处的笑脸，她那婴孩般的柔顺底下酝酿着一种成人性情，也许再过不久我就可以看到一只断奶的小猫，一头长出牙齿的小獒犬，一只学习挥动爪子的幼鹰开始发挥此一类科的倔强个性。

她有一个非常迷人而好看的侧面，使我想起邮票上看到的英国女皇侧面肖像。我觉得她的侧面更能展示她的五官线条和脸的轮廓，以及附着在那上面的七情六欲，尤其当我打量她的侧面是在她毫不知觉的情况下，更能使我在不必顾及她的反应下观察她，就像为了更清楚展示鱼和鸟的面目，书本上的图片只会将重点摆在其中一个侧面上。这似乎和动物性扯不上关系，可是我却认为这是她极动物的地方，这一点更加深了她的神秘性和臆测性，更使人对她产生观察和记录的趣味性。

她那南国姑娘的早熟身材……我无须在这方面浪费笔墨，所有成熟女人必备的视觉条件都明显而丰富地显示在她年轻的身上。我不知道凯有没有意识到这一点，她的母亲有没有在衣着的选购上给过她建议或暗示，那些追求她的年轻人有没有在她面前透露过什么不正经的企图……我记得念高三的时候，班上有一位女同学经常不穿胸罩，而偏偏她有一对很饱满的胸部，有一些男同学就无意地甚至故意地从她衬衫胸前的门襟缝里看见过什么东西，而且用一种猥亵的口吻互相传述，我相信这位女同学绝对不是轻佻，而是她对自己的无知和不在意，这使我对她感到痛惜。我不知道凯是不是也和这位女同学一样，至少她在这方面并没有特别防范，不像参加欧洲十九世纪上流社会宴会穿着紧身裙的女人那样愚蠢而做作地意识到自己的束腰露胸。为了稀释热带的炎热，凯的穿着非常轻便，身体总是沐浴过，当她站在我们身边的时候，我总可以闻到不算清淡的香皂味道，我总是无意看到她那冰凉的、浸泡过的身体某部分，尤其当她弯下腰来打量我们的乐谱时，我更可以感觉扑泻下来的水汽，此时她的身体就像泡过水的东西显得特别柔软。凯总是给人长时间泅游过的感觉，她的身上总是散发着朦胧的湿气，好像她的发梢还滴着水，指甲缝还储存着水，脚掌还淌着水，就像热带国家住在海上或河上的水上人家，他们家里每一样东西好像从来没有干过，他们好像都是湿淋淋的。

我们在路易士房间里忙着练唱，和凯面对面接触和交谈的机会不多，因此她身上不算清淡的香皂味道就变成我感觉凯的凭据。不管是香水味道或是香皂味道，当它从人身上释放出来时就带着人的体味。一块香皂有什么好闻，一瓶香水有什么吸引人，如果它没有让我们感觉到活生生的、肉体的、萃取对方甜蜜部分的呼唤？凯的香皂味道不仅仅是香皂味道，里面还掺和着来自体热的爽身粉味道，来自植物界的洗发精味道，来自生物界的皮革味道，来自一种黏液膜的牙膏味道，来自衣着的布料味道，如果发挥一点想象力，还可以闻到滋养亚洲人体魄的米饭味道。这种无形的香味比许多有形的坦露更具渗透力。当十指在指板和琴弦上滑跳时，当脚掌在地板上击合拍子时，当我偶尔用不好听的嗓子加入流畅的弦音时，凯的香皂味道却使我想起凯身上最动物性的地方：一种成熟女人的身子……

一个蹲在河边捶洗衣服的浑身湿淋淋的女孩，一群淌着汗水在酷热的橡胶园里收割胶汁的妇女……一小撮唾绒……一条紧绷着的拉链……

我的身子起了相对的动物性反应。

"我上一会洗手间。"我说。

我走出路易士房间，穿过客厅，走过一条通向洗手间的走廊。我从走廊的窗口看见花园里一个栽种着水莲的小水池，它的水质充满谜意，四周的花草似乎正在诱人进食，一个嗜吃胭脂的、死亡的吻正在池水里进行着……

我从洗手间走出来，站在浴室的化妆台前，打开香皂盒，把香皂捏在手里凑近鼻子用力地吸了几口。就是这种味道……我又把香皂翻来覆去看了看。品牌标志已经磨损。我继续将它凑到鼻子下，面对镜子小心地嗅着，用心地嗅着，最后闭上眼睛全神贯注地嗅着。触觉潮湿，嗅觉却非常干燥。我开始追溯某种萃取和提炼的过程，似乎闻到了薄荷味，闻到了某种树脂油，某种葡萄酒，某种榨取自康乃馨的花香，某种来自阳光和雨水充足的、摘自面颊红润的姑娘的肉汁饱满的水果——我想起我经常咀嚼的热带水果，那多汁液的红毛丹，柔脆的山竹，渣乎乎的波罗蜜，浓稠稠的榴梿肉……我手里似乎就捏着这样一个易溶的和肉质感的东西，同时这些性热的水果使我的喉咙升起了燥热感……我脸上的青春痘……

啊，安娜……

………………

那是什么声音？当我心底里涌上来我熟悉的黑暗思潮时，一阵优美的旋律，一种肯定是弦乐器独奏出来的曲调，若有若无地从远处传来，我切断已经黏糊糊搅成一体的嗅觉和味觉，揿息所有神经，将听觉向四面八方敞开，仿佛一个遭受挫折的人从阴霾的天空搜寻哪怕是一丝丝的阳光。有一阵子，我以为那是我的幻觉，但是几秒钟后，它却又微弱但是清晰地响起来，这一次，它再也没有消失过。一只小提琴在忠诚地诉说主人的心事……优雅而充满表情的泛音，具有歌唱性质的延绵音，繁复的演奏技巧但是不失自然和抒情的音质轻易打动了我，使我像鱼游入海水融入音乐内容中。

噗！香皂从我手中滑下落入洗脸槽，不知道是香皂落入洗脸槽还是小提琴惊醒了我，困扰过我的黑暗思潮迅速退却下来，有如穆索斯基在交响诗《荒山之夜》里描写的情况，一听到教堂钟声后，聚集在托里格拉山上狂欢作乐的群魔立即退回坟墓和山洞里……

在小提琴持续不断流泻出来的弦音中，在某种叮咛下，我像一个玩了一手脏泥巴的小孩扭开水龙头清洗掉满手香皂渣，在一种嘱咐下走出洗手间。在那条狭长的走廊上，我不自觉地将视线投向左边窗口外面的花圃中，像走在船板上面的水手不自觉地将视线投向船舷外面的海上。小提琴的声音从花圃里传过来。各种类科的花草、棚架、水池、小径、树荫、蝴蝶和其他昆虫的飞舞、鸟声和一片触目的阳光构成一个令人遐想的花园：下午茶、幽会、暗潮汹涌的男女关系……小提琴不时从涛声和树叶的簌簌声飘送出来，就像剑鱼不时飞跃出海面，即使它偶尔被涛声和树叶声掩盖过去，仍然可以感觉到轻快的旋律在远处飘扬着，就像感觉没有飞跃出水面的剑鱼在海底下的悠游姿态。它似乎奋力地想要演奏出前所未有的欢愉，想把这种前所未有的欢愉感染给四周的涛声、树叶声、鸟虫声及各种自然音籁，并且领导它们从略显忧悒的吟唱中挣脱出来……

　　噢，朋友们，不是这样的声音！
　　让我们愉快地唱奏，
　　尽情地欢乐，
　　快乐！快乐！

　　贝多芬 D 小调第九交响曲的合唱部分从我脑海里扫过，我的想象力被那一阵弦音搅动起来，像眼前蓝天上面的白云一样丰厚和充满雄伟变化，我的情绪随着变得轻快的涛声和树叶声翻腾着，想起歌颂生命和爱情的曲调，想起地中海在没有一片云朵的蓝天和温煦阳光下飘送着的橄榄和柠檬花香味……

热带的气候使我过分地早熟和染上拐弯抹角观察事物的个性，我的心胸像兽穴一样幽黑，缺少友好访问的透明性，任何曲子在我这里蛰伏久了，总难免被我用伤感的养分去喂食。这首曲子像待射中的弓弦张满到极点的快乐，激发我的想象弹跃得非常遥远，使我不禁对自己在这座热带岛屿上的可能际遇和未来感到失望和焦虑。我的许多英气焕发的充满艺术才华的学长，高中毕业后就因为环境和现实断送了继续求学的机会，他们不得不在这个落后而闭塞的地方讨生活和度过一生，而他们那些没有机会进一步提升的才气洋溢的绘画和雕刻，也只能以大量制造的粗糙方式出现在艺品店里贩售给异国的无聊观光客……

小提琴终于停止演奏了……我侧耳等了一会，踱着快步回到路易士的书房。

书房里的气氛非常宁静，路易士和爱德华低着头研究乐谱，凯坐在床上看到我进来后就笑眯眯地看着我。房间里弥漫着微妙的骚动，三个人的脸上盘桓过某种情绪，两只猫科类眼睛对我的凝视显现着跳跃和空灵，表示主人没有完全将分散出去的心神收拢回来。我知道他们和我一样倾听过小提琴的演奏，而且也和我一样敞开心胸咀嚼过。我能够从房间里的气氛、他们的一些动作和表情来确认我的猜测，就像从前在宁静的午后走进旧宅厨房时，可以从一些有形的和微小的变动发觉有一种非人生物在此流连过：勺子掉到地上，饭桌上的筷筒碰翻了，小板凳被移动了位置，挂在窗口上的煤油灯在摇晃……可能是几只食蟹猴，可能是一只迷途鸟，也可能是一条蟒蛇刚刚还在这里吐信，你可以感觉到来去无声的生存本能和灵异气息。小提琴的无形拜访使我可以用心灵去体会它，用它在我心灵上留下的骚动去印证它留在这儿的骚动。

"雷恩，快来练习吧！"我从爱德华的声音里体会到他仿佛还处于恍惚状态。

我看了一眼凯瑟琳，忽然想起上洗手间的原因……我的脸大概红了，立即低着头走向我的座椅。

第二天下午练完一个段落进行例行休憩时，小提琴声再度从面对我的窗户外面传来，音量不但比昨天增强，每一个音质都听得非常清楚。凯不在房间里，路易士走到客厅透气，爱德华低着脑袋壳，皱紧眉头抱着吉他坐在椅子上，似乎也被小提琴吸引住，倒有点像交响乐团里的一个不常吹奏的喇叭手在等待指挥家给自己一个演奏讯号。我走到窗户旁边，将手腕搁在窗栏上，推开一道纱窗，想更仔细聆听小提琴的演奏。

开始的时候，它的声音异常脆弱而微小，但是很快地它的音乐性和表情就从弓弦迸溅出来，显示主人以非常纯熟的技艺主宰着乐器，也显示主人除了纯熟的技艺，还有一种能够拉奏出好音乐的更重要因素：一种丰盛的个人的内在感情。技艺纯熟不一定能够表演出好的音乐，这也是画匠和画家的分别。我虽然对小提琴是外行，但是好坏音乐之分，我大概还能掌握到一点要领。我听过数场现场小提琴演奏，我发觉他们是在表演小提琴，不是表演音乐；是在炫耀技巧，不是表现感情。一个简单的检阅方法是：他们不约而同地滥用"颤指"的浮夸心理。本来小提琴的"颤指"就像歌唱中的"颤音"，是把音域和深藏在下意识中的心理上的动力自然地糅合一块而显示各种感情的手法，试想一个歌者将一首歌从头"颤"到尾！我现在亲自听到的小提琴却让我第一次领会到小提琴现场演奏的力量，虽然我看不到演奏者，音量也不像在演奏厅里清晰可辨，但是甜美和显然来自一把上好小提琴的音质，以及和昨天的狂喜截然不同的伤感气质——尤其是这种心境上的大转变，使我身上每一根神经末梢都受到了惊扰，像一颗巨石滚进一片贩卖陶器和玻璃制品的礼品店。

我身上有一些东西被击碎，兽穴的心胸被一种善解人意的柔软度像蛇一样蜿蜒进去咬住底部，这咬住底部的东西正是一种彻底的、无所不在的伤感气质。就像雷声只会使人受到恐吓，鞭子的声音只会让人感到惊怖，这只小提琴渲染出来的情绪只会让人感到哀伤和叹息。我眼前的花园一隅弥漫着暴烈阳光和使人大量出汗的炎热气流，蝴蝶和其他昆虫的飞舞显得非常吃力而伤感，昨天曾经欢唱过的涛声、树叶声、鸟声和蝉声则充满灵性似的降低音量，有时候甚至完全沉默着，以慵懒的和幽怨的情调附和小提琴的演奏，仿佛《失乐园》中在地狱里受煎熬的群魔聆听首领撒旦对命运的抱怨，偶尔发出沉闷的喝彩和不协调的骚动。我蓦然发觉这里的一草一木、一静一动，这花园的气氛，是这样地适合这伤感的音乐，就像一棵枯树的枝干适合站立一只老鸦而不应该是其他东西。

对于古典音乐，特别是小提琴曲目和各种协奏曲，我虽然不挺熟稔，但对一些比较有名的和大众化的曲子，我还是能够立即说出曲名和作曲者。在断断续续奏完几首曲子的几个段落后——似乎演奏者只是凭着记忆和喜好做了一些片段性的即兴演奏，而没有从头到尾奏完一首曲子——忽然出现一阵短暂沉默。在这段可疑的沉默中，我的情绪以及眼前的气氛仍然飘浮在前一段音乐的波浪状态，随着这些悬想和创造空间极大的布散，我可以感受到演奏者怎样放下小提琴，拭汗或啜一口茶，翻着乐谱，准备从头到尾奏完一首曲子思谋今天深不可测的情绪。不久，小提琴果然在我的期待中奏起柴可夫斯基的《忧郁小夜曲》。我听得十分仔细和投入，心里也有一只小提琴在呼应，虽然勉强跟上旋律，却没有打入自我意识非常强烈的音乐的灵魂深处里去，尤其进入交织着悲痛和热情的中段后，演奏者的情绪突然由前半段的内敛转换成后半段的宣泄，这种转换与其说是一种力量或情绪的增强，倒不如说是一种力量或情绪的削弱，就像一盏即将熄灭的煤油灯会被无限地撩长灯芯增强光度……这花园，这夏日的阳光，这寂寞的午后……强大的孤独感包围着我，我尝试从音乐里找到一些欢愉，就像人们看着一头全黑的豹想从它身上找到一点杂色；但是就像一头全黑的豹，这是一首完全哀伤的曲子。

我发觉原来小提琴的声音就来自对面那栋宿舍的其中一个窗户中！那是一栋和路易士的家一模一样的建筑物，钢筋水泥砌成的两层楼住宅，屋顶是深红色的瓦片，屋前接连二楼的大门是一个圆形大阳台，屋内的构造则完全可以比照路易士的家：一楼是客厅和厨房，二楼除了一个面对阳台的客厅，总共有四个卧房。以方向去推测，现在我看到的二楼的三个窗口，最右边的一个是属于客厅的，其余两个分属两个卧房。属于客厅的窗口拉上了玻璃窗，里头大概开着冷气，小提琴声不可能从里面传出来，那么只可能从其余两个卧房窗口传出来了。这两个窗口的玻璃窗从两边外侧柱朝左右拉张出去，内侧柱装了纱窗，两头吊着两条白色窗帘，内容隐约可见。最左边的窗户外侧窗栏上放着一盆盆栽，因为隔得太远，只知道是匍匐性的暗绿色草本植物。建筑物被三棵高大的热带柳围绕着，外侧墙壁上爬满几种蔓性草本植物，面对我这个方向的庭园显得有点荒凉，角落和边际处滋生着野草。这是一栋幽静的建筑物，那两个覆盖着树荫和被蔓性植物围绕的窗口使人想一探虚实，尤其有小提琴声从里面传出来时。

"怎么样？很好听吧……"路易士不知道什么时候走到我身边，像我一样将两手搁在窗栏上。

在小提琴的飘扬声中，我从路易士口里听到了演奏者的故事。

19

现在我和凯相当熟稔了。像我这样一个内向的家伙，如果参加一个什么青年人的活动和一大群陌生男女尝试做朋友，结果总是大家已经发展到拍肩拉手或是什么热络程度，而我却可能找不到说话对象，因此我能够和凯在短时间内发展出一段友谊来，连我自己都觉得像在做梦。说是短时间内，其实也不算短了，何况我们几乎天天见面……凯当着我们三个人的面说，再过不久，她就要和路易士到国外升学，可能的话，他们举家也会跟着迁居国外，想趁这个时候到各处拍照留念，以供将来抚慰"乡愁"，她听说我对摄影有点研究，想劳驾我当摄影师。高中时候，我确实潜心钻研过摄影，虽然不算精通，倒也颇有一点心得。我正在支吾和谦虚时，路易士就一口替我答应下来。

接下来的几天，在没有练唱的时候，我背着相机和凯瑟琳走遍整个村庄的里侧外围、近郊野外，一口气拍完六卷底片。面对镜头时，凯很会利用身边的一草一物延伸自己，不管是一块石头、一棵树身、一座半塌的墙，她都能够自然地伏靠上去，好像它是一个习惯性的憩息地。

我们在凯的家园里拍完剩下的最后一卷底片。在凯要求下，我在花圃里和她拍了几张合照。当我固定好三脚架和角度，调好自动快门走到镜头对面凯的身边时，凯忽然调皮地往我胸前一靠……我搬动三脚架时，看到对面那间有人演奏小提琴的住宅，也就是被我们这张照片当作背景的建筑物，最左边摆着盆景的窗口的白色窗帘摇晃了一下。

照片洗出来后，凯十分满意，我自己也相当得意。照片中的凯比日常的她还要自然和实在，那种童稚的生动使她的美更具明晰性，同时又有一种多重样貌……凯为了酬谢我，一会提议说请我看电影，一会说请我吃一顿大餐，一会又说要送我一份礼物，我告诉她只要她以后在我们练唱时提供饮料和点心就是最好的答谢。我们虽然并不摇滚，但是很需要一些热量。我们不想当胖猫王，也不想当瘦皮猴，我们对零嘴就像上面两位老人家对女色一样馋。

这时路易士说话了。"我看你以前请我们吃喝，早已经算准了要我们付出代价的。雷恩，你要小心，不知道她以后会有什么要求呢？"

凯在弟弟的肩膀上重重地捏了一下。

我和凯的交往通过六卷底片一下子热络起来。逢我趁练唱空当扫视房间各个角落寻找凯时，通常我都会看见凯笑眯眯地注视我，有时候她虽然没有看我，但我可以感觉到她知道我在看她，而做出一种方便我看到她的最大展现面的姿态。即使背对我，她也会在我转过头去看她时，立即做出一些有目的性的举动，好像我在她的肩上拍了一下，好像她永远等着我向她按快门，等着我将她最美好的一面保存下来，因此她经常注意我的一举一动，一看到我开了一点窍，她的全身上下神经末梢密致处：手掌、指

端、脚丫子、耳垂、鼻尖就活动起来，那笑容、那养足了
一夜精神的眼神……

> 我看过你笑，蓝宝石的火焰
> 在你面前也不再发亮；
> 啊！宝石的闪烁怎么比得上
> 你一瞥的灵活光芒

拜伦等浪漫诗人只会教我们感觉和赞美女人，却似乎
不太了解女人；而似乎了解女人的思想家如尼采、苏格拉
底和叔本华却又对女人不屑一顾……

既然还没有办法了解凯，那么就感觉她吧。我希望上
面这一点点对凯的感觉没有失误。自从拍完照片后，大概
是想报答我的帮忙吧，凯对我特别关照起来，她并没有忘
记我随口说过的话，而真的在我们用来打牙祭的饮料和点
心上灌注了厨师的专业精神，它比从前丰盛一倍，也比从
前可口一倍，她甚至会在一些需要预先分配的食物上毫不
避讳地以体积的差距来显示对我的偏袒，好像我是一头北
极熊，而路易士和爱德华是两只松鼠。有一次我在房间外

头遇见了凯，她立即把我拉到厨房里，把一种分量不够分配的稀奇点心攀到我面前。从这一天开始，逢我看见凯向我做眼色时，我就知道她的裙袋、手掌心，或是外头的冰箱和厨房的锅子上放着什么只够两张嘴巴分享的食物，害得我在路易士和爱德华面前打嗝和放屁时有点心虚。她除了采买，偶尔也亲自调制，这是母亲传下的手艺，而她的母亲则传自老祖母。这种代代相传的结果，使得每个家庭都有数种点心秘方，用来缓和偶尔剑拔弩张的家庭气氛和夫妻关系。点心制作是此地有钱妇人的流行玩意，代表她们少女时代的幻想和无知，她们的点心谱子足够供应一个大型宴会，私底下却可能治不出一桌家常菜。我们借着练唱消除下巴垂肉时，凯也没有空闲下来，她一头烹制，一头试吃，一头动着脑筋到什么地方采集食谱或材料，三头六臂过着母猿散步摘食性质的零食生活。

她对我或是我们仁的关照也扩充到其他方面。当她惯常地替弟弟修剪头发时，也顺便服务我和爱德华，把我们的发型梳理得和她卧房里的娃娃新郎一个模样。有一次我用脚踏车载爱德华到路易士家里去时，在靠近路易士家的马路上被一辆车子差点撞上，两个人重重摔了一跤，膝盖和手肘都擦伤了，而我的 T 恤下腋也扯破一个大洞，凯不但内行而细心地替我们敷好伤口，还将我的 T 恤破洞缝上，使母亲每次洗刷这件 T 恤时对自己差劲的缝纫术觉得疑惑。她从花圃里移植了十几盆观赏叶植物，或垂吊，或搁置，或匍匐在路易士房间的各个角落，创造了一个充满蚊咬、蜂鸣、蝶飞的室内植物园，连小指一般细小的蜂鸟也蹿入来偷蜜。多么体贴又是多么好管闲事的凯？她会用理发师、医生、裁缝师这种可以触摸陌生人身体的行业关心我们，也会用厨师、园丁对家庭的责任感服务我们，而我们回报了她什么？一个自以为是的不合格摄影师的美感，和一个半调子的乐团的歌唱？

她并不多话，却给人嚣闹的感觉。她从小受英式教育，中文说得不太流畅，表达能力也不太好，碰上我们这几个以中文作为母语的男生，难怪她的动作特别大，行动也特别多，而从母胎带来的、不必学习的却有着惊人感染力的各种惊叹声、语助词也几乎变成她的口头禅，相对地也对她的中文能力的不足做了弥补。我自己本来就是不多话的人，单独相处的时候，我用观察和感觉来了解她总比其他方面要多。视觉、嗅觉、听觉、触觉都是最自然和有效的沟通管道，而从味觉上来说，请看看她那令人眼花缭乱的点心吧。

一个女人的起居室是最适合感觉她的地方。有一回我巧妙地请她带我参观她的卧房。那是一个布置得十分典型的年轻女孩的卧房，有很多典型的感觉可以从其他女孩的卧房捕捉到：各种动物玩偶，特别是无尾熊和猫熊这种可爱而不伤害人的素食性动物，即使是老虎或狮子也和其他素食性动物拥有温柔而善良的表情；各种不同的压力和纹路；我替她拍摄的放大的照片；皮革的味道；充满遐想的诸如绒布之类的柔软东西；主人的体温特别容易在这里布散开来。

这种感觉凯的想法使我的本能敏锐起来，我利用这种本能居然十分凑巧地数次在她做完一个驱暑的午浴后踏入浴室。我当然不可能直接用触感去感觉她，但是在这里，在这个她刚刚离开的地方，凭着一点想象力，触感还是很强烈的。洗脸台、水龙头、浴帘、莲蓬、浴缸、香皂、毛巾……每一种东西都是潮湿的，每一样都经她触摸过、擦洗过、涂抹过。我抚摸着香皂、莲蓬臂，上面的液体刚刚还在她身上流连过。这里还有一种很奇特的感觉，我特别容易想起譬如嘴唇这种人体上皮肤和黏液膜的交接处。

有时候她会在我们排练时静悄悄地睡着，就睡在路易士的床上，带着宠物很容易在主人身边突然入睡的惬意。她那一头舒紧有致的头发，安详的神情，依旧带着婴儿的强烈试探性的睡式……视觉的挑拨使我想起桂冠诗人丁尼生的不切实际……

　　但愿我能够变成一条项链，
　　躺卧在她那芳香的胸脯上，
　　随着她的笑声和叹息，
　　整天在那上面起起伏伏，
　　我要轻轻、轻轻地躺卧着，
　　轻得她夜里不把我解下来。

伴随着呼吸声起伏着的身体，刺激的不只是我的视觉，我也想听清楚几乎听不见的鼾声……有一回，小提琴就在这个时候响起来，我以一种自己也不知所以然的举动，将视线从熟睡的凯身上移走，看着前面的窗口。自从路易士告诉我演奏者的身世后，我就对小提琴的声音变得非常敏感，敏感得就像童话故事中的公主可以感觉到三十张床垫下的一颗豌豆。不论何时何地,只要我一听见小提琴在演奏,我就会全神贯注地倾听,即使我们的乐团在排练时,路易士和爱德华也不着恼。小提琴手是一个十七八岁的女孩子,感染了一种治疗不易的疾病,而拉奏小提琴这种容易加剧病状或使疾病复发的活动,使父母打消了送她出国进修小提琴的念头,甚至进一步劝她停止拉奏小提琴。半年多前,一家三口从本镇另一个宿舍社区迁居到这儿,近海的幽静和新鲜空气、充足的阳光,似乎是一个不错的养息环境。

我记得这一回首先听到的是柯恩高德[1]的《花园情景》,和窗外的景致及幽静气氛倒也凑巧。当我想到她也许是偷偷瞒着家人或是被严厉限止在一段短时间内演奏,甚至是千辛万苦取得家人允许时,小提琴不但更轻易地感动了我,无所不在的孤独感也提升成对万事万物的参与和沉思,像一个徘徊在帕提侬神殿的希腊悲剧剧作家,一本航海家日志,或者一幅描绘马来住家的蜡染画,在幽静的椰子丛和太平气氛中,木屋的防御性高脚支柱却显露着来自

1　即科恩戈尔德(Erich Wolfgang Korngold, 1897—1957)。

作为背景的丛林地带的野兽危机……

　　小提琴让我更喜欢伫立在路易士的窗边眺望，因为它拓阔了、加深了窗外的景致。逢它演奏时，涛声、树叶声、鸟声、蝉声就多了一层仿佛可以谱写的音乐表情，可以用管弦乐团模仿的田园情调，海涛的起伏和树叶的摇摆充满大师风范，我幻想自己在窗口下的花园小径做着贝多芬的散步，在树荫中的亭子里用舒伯特的羞怯面对一个像凯这样的女子。

　　通常小提琴的独奏会伴随钢琴的伴奏，我曾经想用六弦琴去呼应它，音乐修养和弹奏技巧使我没有办法做到，但是我用另一种形式使它们配对起来。在音质、体形的大小和近似、演奏姿势的比较上来说，小提琴是十分女性化的乐器，而六弦琴则偏向男性。一个女子在拉奏小提琴和一个男子在弹奏六弦琴时，刚好形成一对男女的共舞姿势，承受女子下颌的腮托是男子的肩膀，拉弓的手搁在对方肩背上；男子弹弦的手搂着女子腰部，按弦的手恰好和对方按弦的手握在一块。女子拉奏小提琴时的仰望和男子弹奏时的垂视也形成对谈和注视状态。当我们在练习中途停下来聆听小提琴时，透过音乐及怀里的六弦琴，我和她的接触似乎就不止于心灵上。我记得小提琴没有演奏时，偶尔我在练习中途抬起头来看向窗外，摆饰着盆景的窗口的其中一块窗帘忽然摇晃了一下，这个细微的动作增加了我聆听小提琴的积极性，我想起水手们听到的水妖歌声，想起凯……这个时候，凯通常就在我身边，在房里某个角落，在假寐，甚至和我站在窗边聆听小提琴。偶尔我偷偷转过头去注视她，十有八次她也会转过头来和我对视，脸上依旧是亲切的、多了一点异质的笑容。

　　我和凯在路易士家里单独相处的机会越来越多了。这种机会似乎很凑巧，又似乎很不凑巧。我们从在走廊上、阳台上、客厅上的静态对谈进展到一些家务性的活动上去：一块做点心，换洗鱼缸，整理花圃，零碎的擦洗掸扫，又从有事可做的活动扩展到无所事事的公开的活动上去。我记得接着下来的几次出游是凯提议的。她告诉我在某处公园或马路边有几棵相思树，每年这个时候路易士都会陪她去捡相思豆，今年她要我陪她去。"相思豆吗？"我说，"相思树到处都有，我明天去捡一车子给你。"她说相思豆要自己捡才有意思，我只好陪她去。有一回我们捡完相思豆后坐在树荫下纳凉，凯拿出手帕来在脸上拭汗，我没有手帕，正想用衣袖拭汗时，凯把拭过汗的手帕向我扔过来，然后低下头去数玻璃瓶里新捡的相思豆。我和凯在一起的时候通常都是被动的，不因为她比我大一岁，而是我实在没有什么主见，何况凯的确比我见识得多，对某些琐碎事也处理得比我稳当。我毫不犹豫地拿起手帕拭汗。手帕上面还有她热烘烘的汗和香气——或者说是她的体味吧。我拭完汗后，一言不发地睇视她。她细声数着相思豆，嘴唇一张一合。我发觉她有一张丰润而形状优美之嘴唇，血色饱满，鼓鼓的，嘟嘟的，不知道是不是数过太多相思豆、落叶、花瓣，或亲过太多猫狗之故——女人总是喜欢亲吻宠物，却不知道猫狗天性爱啃老鼠和屎——我想到哪里去？我把手帕还给凯，凯把手帕铺在地上，将玻璃瓶里的相思豆倒在手帕上，又细声细气数着相思豆，我不明白为什么她要像鸵鸟清点一窝宝贝蛋数个一清二楚。一只蚱蜢感觉到了我的无聊，"的"一声停在我右边草地上，我故作天真扑蚱蜢去。我相信鸵鸟有数学概念，它一再数蛋并不是装模作样，但是清点三百七十九颗相思豆？

捡相思豆的活动告一段落后，我们又去看了几场地方性足球赛。我记不清楚是谁先提议看的，只似乎记得我先提起镇上有球赛，然后凯就说要我带她去看。球赛不收门票，球场两边是斜斜凸起的草坡地，我和凯就坐在草坡地上。比赛过程虽然紧张，却不精彩，但是我发觉凯看得相当入神。"你怎么会喜欢这种暴力运动？"我说，我的大腿上通常搁着一本袖珍英诗选集，"你知不知道这些球员可能是本镇最没有智慧的家伙？"凯只是笑一笑，并不搭腔。球季中，我带凯去看了一场斗鸡比赛，赛场在一座旧汽车场瞒着官府举行，不过你可以看见卸了制服的警察歇斯底里替下注的斗鸡打气。我和凯穿梭在一群嚼槟榔、抽烟草、喝啤酒和米酒的赌鬼中，其中中国人最多，土著身上的刺青最让人眼花缭乱。气宇轩昂的斗鸡小腿上绑着削铁如泥的小刀，它们在主人松手的一刹那飞身踢砍对手，在电光火石的扑撞闪躲中分出胜负，其血腥惨烈也在电光火石中迅不及辨，当你看到铧落的鸡脖子、鸡翅膀、鸡爪和满地血迹时，你的下腹才会骤升起快感或翻胃，这是正常人的生理反应，和你的血型、星座、生肖、性器的凸凹没有关系。凯因为上述情况而翻胃，我因为从人群感受到太多快感翻了半个胃。斗了两场，凯扯着我的袖子促我离开。大伙搂着心爱的斗鸡来厮杀，而我这个小伙子却带着一位花枝招展的小姑娘，既不下注，也不吆喝，惹得大伙逐渐把注意力集中到我们身上，倒像我们是两只血统稀少的斗鸡。"你知道他们怎么处理死鸡吗？"离开赛场时，我兴致勃勃地说，"他们在家里后园野草地上挖一个坑，埋下死鸡，十天半月后挖出来，鸡尸身上就会附着一群蜈蚣，他们用蜈蚣喂斗鸡，据说可以让斗鸡长得雄俊泼辣。"

有一次我和凯走在马路上，忽然看见一只黑狗扑倒在我们跟前，口吐白沫，翻四肢哀号，左腹刺着一支细铁。我缓缓告诉凯这是一只被卫生局扑杀的野狗，他们雇用土人用毒箭和吹矢枪灭狗。话刚说完，一辆卫生局中型卡车停在我们身后，两个穿着制服的公务员走下车子用网套罩住黑狗，将黑狗抛上卡车。卡车上堆积着小山般的狗尸，表层的狗正在抵抗毒液，横七竖八叉出的狗头狗脚在哀号、抖颤。

稍后我们很少出游，一来凯的美貌使她在镇上小有名声，我受不了一些年轻人对我们的议论；二来无处可去，我嫌相思豆太闺秀气，凯害怕斗鸡的血腥暴力、杀狗之类的插曲煞人风景，球季短暂，而"恋爱季节"太漫长。交流像从前集中在路易士房间里。我和凯经常瞒着路易士和爱德华弹唱作乐，并且教给她许多中国曲子，什么王昭君、红豆词、长城谣，凯喜欢听我讲述和歌曲有关的背景故事，她在学校里用英文浏览中国历史，中国方面的知识薄弱得叫人吃惊。听完后，她皱着眉头，吟唱抒发歌曲中的内涵世界，流露出肤浅的异国情调，尤其吟唱苏东坡的"大江东去"时，让人煞有其事地陶醉在二乔的风流绝代里。她始终不知道我讲述的赤壁战是一篇我个人的幻想和杜撰，我的态度严肃得像一个喃喃宣读一份用了三十年的讲义的大学历史教授。此刻，我们逗留在二楼客厅外头的阳台上，我倚着栏杆，凯坐在椅子上，半小时前天气热得把我们从房间里诱到这儿，顷刻从海上刮来阵阵冷风，罩天盖地的乌云像乱流、像迷失方向的蝗群突击到我们头上，忽聚忽散，盘旋不去，并不雄壮的断雷装腔作势，热带的天气骤变得让人措手不及。热带柳、芭蕉、棕榈、枞树呼呼作响，雨燕低飞，刚才热烘烘适合绵羊躺卧的青草地此刻莽苍得像有野狼狂嗥，我不适合球季的身子打了一个寒战，万象显示海上可能刮起龙卷风，海藻、鱼群、水怪、渔船被一股水柱抛送到九霄云外。

二乔心仪公瑾；小乔下嫁公瑾时，大乔委身公瑾义兄孙策。策亡后，胞弟孙权掌权吴越，拜公瑾为统领江东水陆军马大都督。大乔孀居妹夫家中，咏桑寓柳，暗中向公瑾发迹。建安十三年，曹操率领百万雄军南下和吴国在江夏决战。公瑾想起吴国只有十万兵将，恐怕抵挡不住，听说曹操要将二乔掳向北方铜雀台中，忧心如焚，大乔暗中思谋一臂之力，夜奔乌江，投靠曹操，惊动江南。大乔在将军虎帐里说了许多爱慕的话，将军英名盖世，文武全才，破黄巾，擒吕布，灭袁术，收袁绍，深入塞北，直抵辽东，纵横天下，真乃大丈夫也，吴国现在已经是一只困兽，我和将军聚合，只是迟早……弋骑舞唱，诗剑酒眠，成为曹操心爱；提出铁链连锁艨艟战舰的构想，使颠簸和水疾不再困扰曹军，密捎一信，促公瑾火攻。公瑾用战舰满载油柴引火冲入曹操舰群，领兵杀入，曹军大败。大乔在火海中见到了公瑾最后一面。

"周郎……"

"大家都误会你了，快跳到水里去吧，我们会救你上来……"公瑾含泪抵挡敌箭。

火势蔓延到她的衣服和头发上时，负载她的战舰也沉入江中。

　　"呵——欠！"夏服抵挡不住冷风对我的瘦骨嶙峋的袭击，我在戏仿曹操的感叹中接连打了几个喷嚏。从小我的身体就很瘦弱，而且受了穷酸文人、短命浪漫诗人和百无一用书生的影响，我有时候甚至对自己的瘦弱感到骄傲，被生病时咳了血痰让人搀扶到窗前欣赏海棠的所谓"雅事"感动，身强体壮的足球员领会不了在乌云密撒、冷风肆虐中谈论风月的病态美，那些家伙只会在横暴的太阳底下踢皮球，下毛毛雨就停赛。

　　"好——好听吗？"我说。

　　这时凯坐在一张有扶手的椅子上，一只手撑着下颌，另一只手若有若无地拨理发鬟和垂在额头上的发丝，指甲并不挺长但是很尖，像五只小麻雀在啄饰家巢。她的额头和眼睛显示她正在聚精会神思考，也许正在反复捉摸刚才的故事，也许不是。她轻松落后你但是没有失去你，而不是吃力地紧跟着你的模样，是很讨人喜欢的听讲风格，满足了演说者的虚伪和卖弄。她的眼睛撑得很大，似乎表示领悟到了什么惊异，眼神显得十分容易受惊，十分深邃和黝黑，使我想起阿拉伯人的妻子怀孕时就在帐篷里奉养一只眼睛又亮又美的瞪羚，日夜和它对视，希望生下来的孩子的眼睛和瞪羚的眼睛一样漂亮。此时凯的眼睛多么像瞪羚的眼睛……我忍不住开口告诉她这一点。凯笑说母亲怀她的时候，每天都向窗口眺望大海，希望女儿的眼睛能够和大海一样迷人。这一回轮到我惊讶了。她又说她在母亲肚子里和襁褓时都是听涛声长大的，涛声就是她的最佳催眠曲，然后又说一些和母亲乘坐观光轮船时和海有关的事。她的表情有促狭和得意，好像说"可不是吗？难怪你会说我的眼睛像瞪羚"，这种表情不是显示在五官上，而是在额头上。她的额头又滑又亮，当她忽然想起什么时就轻轻在那上面拍一下，小脑袋瓜显得古灵精怪，好像里面装了来历不明的物质，我脑海里闪过班强生[1]的诗句"她的额头比赞美她的话还滑"？

接着她做了一个使我更惊讶的动作。她看了一眼身前的台几，发觉自己的饮料已经喝完，忽然拿起我的杯子，噙着吸管呷了一大口，然后一边用齿尖啃吸管一边说话，

1　即本·琼森（Ben Jonson，1572—1637）。

偶尔叼着吸管呷一小口。她的十分丰厚的嘴唇，她的牙齿和舌尖变成我注视的焦点……这时候在我脑海里闪现的东西是形象的和抽象的，是记忆的也是纯文字的，"抱月飘烟一尺腰，麝脐龙髓怜娇娆"，宝钗的臂膊，夜半私语时的口脂香……总之，是一页净化版的《查泰莱夫人的情人》……我记不清楚是什么驱散了这些联想，也许是路易士的到来，也许是凯的一个问题，也许……也许就是小提琴吧。

最近小提琴演奏得相当频繁了，尤其是那些声乐曲，我几乎可以听见它所附带的歌词吟唱。本来小提琴就是摹仿人声为主的、充满歌唱性质的弦乐器，它的四条弦中，E弦具有戏剧女高音的鲜活锐利和花腔女高音的轻盈，A弦近似一般女高音，D弦像浑厚的女低音，G弦像雄壮的或抒情的男高音，而它的人工泛音更像一个优秀歌唱家的嗓子。此外，在聆听小提琴的时候，我发觉它所发出的没有文字的哭泣、叹息、呻吟、怒吼和惊叫等等，这些从娘胎带来的不必学习的声音，它的感染力已非语言可以传达。这时我听到的似乎不是小提琴，而是一个老练的歌手的吟唱，透过那卖力而真诚的表演，我几乎捕捉到了一个歌唱者的表情、肢体语言和台风，也听到她发自内心深处的声音。当窗外传来像《纺车旁的葛丽卿》《你是我心灵之冠》《我的打盹更浅了》等歌曲时，我经常小声地哼唱着附和它，而在自己仰慕的人的窗外演奏的《小夜曲》之类的声乐曲，甚至使我兴起高声歌唱的冲动。

凯静静地走到我身边，将两手靠在窗栏上，沉浸在一种幸福感和单纯的美的想象中。我注视着她的侧面，想发现一些过去没有发现的东西。她像小提琴的上响板绷得十分匀称的额头，她的像蛋尖一样饱满的下颚，她丰厚的嘴唇，她的头发，她的肩膀，她的各种下垂和上扬的线条，忽然使我兴起摸一下、捏一下、拍一下的冲动。

现在我和凯已经进入到介乎朋友和情侣之间的微妙关系，任何亲密的小动作、一句话、一个眼神，都能使这关系得到突破。这种机会处处存在，这种气氛更是布满路易士家里，每当我走入他们家的大门，我就可以感觉到路易士和爱德华像养了一个三十岁独生女的老婆婆尽量让我和凯单独相处。这里每一种摆饰都有它们的特别意义，这里的声音、光线、色彩都飘忽不定，而凯总是热烈地迎接我，好像这是她一天中的一件大事，好像这是童话中一座烟雾弥漫的城堡，而我是一个为爱情所苦的骑士，每天都来接受情人对我的各种人性上的贪婪、诚实、肉欲等等考验。我怎么知道她从前替我做的种种事情，或者她要求我替她做的种种事情，不是她对我的磨炼和评鉴？我怎么知道她对我的"示好"，甚至"挑逗"，不是一种测试？也许只要我露出一点点反应，她就会像枝头上受惊的小鸟一样振翅飞走，并且在天空中嘎嘎地嘲笑我。她在镇上是一个以智慧、美貌和良好出身闻名的女人，拒绝过一批年轻人的追求，她有什么理由对我另眼相看？也许她等我陷入难以自拔的情况时，就一脚把我踹开，当着众人的面述说我的种种丑态，宣布她又多了一个俘虏，并且开始物色下一个验证她的魅力的牺牲品。有一天她那位不常露面的母亲在客厅里叫住我，殷勤地询问一番我的家庭状况后，我就知道这是必然经过的一道关卡，而且情况可能已经严重到使人家召开几次非正式的家庭会议，最严厉的考验不久就会冲着我来。我不得不坐下来想一想，我和凯到底是什么关系？是朋友还是情侣？我很快得到了答案：如果继续发展下去，我们很可能会成为情侣，但是就目前来说，我们只是纯粹的朋友，至少在我这方面是这样。就像某一类科的动物在进化史上独自脱离此一类科而发展出另一种使动物学家困扰的新品种，虽然如此，这种新品种仍然保留它原来类科的许多特征而使动物学家将它归于那种类科来研究，我和凯的关系也是这样，我们平常相处时还保留着许多纯友谊的特征，还处于纯友谊阶段，但是如果继续发展下去，或者一个冲动，就很容易脱离这个阶段，而发展到雄奇热火的男女关系上去。正常的话，这个新品种将是一个可爱而有益的生物，如果走岔或者走得太远，就会变成一个令人烦恼的怪兽。我不害怕接受任何考验，什么荣誉、诚实、勇气、正义等等，这些对我年轻的、没有考虑到现实利害冲突的个性来说根本不是问题，但是只有一个问题，我心里却有点愧疚感，这种愧疚感使我不敢面对它，不敢确定自己能否通过这方面的考验。偶尔我会想象我和凯脱离纯友谊关系而蜕变到另一个阶段，但是却不幸地发展成一种畸形状况，一个类似人面狮身像的怪兽张牙舞爪地挡着我的去路，要我回答一个千古以来流传着的谜题。

"什么东西使人类小时候懵懵懂懂，少年时候好奇，年轻时候放纵，中年时候克制，老年时候还收敛不了？"它说。

"性欲……"我小声说。

"你和凯在一起的时候，有没有经常动过这方面的念头？"

"性欲……"我嗫嗫嚅嚅地背诵诗人马乔利·塞弗特的诗句，"是那头最老的狮子……"

我有没有动过这方面的念头？这就是我经常回避，但是却经常困扰我的问题。更正确地说，这已经不是一个问题，而是一个事实。如果我通不过这方面的考验，什么荣誉、诚实、正直也只有一块撂倒。我也像其他同龄男孩希望拥有一个漂亮的女朋友，一个活生生的、有血有肉的、会哭会笑的"人"，而不是电影、小说、月历上的女明星代替品，不是一个不食人间烟火的想象物。但是从少年时代一直到现在，女人只存在我的梦想里，只是我的"手语"对象，不是聊天对象，"拥有一个漂亮的女朋友"对我来说仿佛天方夜谭。现在情况似乎有了奇迹似的转变，凯奇迹似的出现在我身边，虽然不像比格曼农[1]的雕塑品完全合乎自己的理想女性形象，但是不论就外在上或内在上来说，凯都是一个使人无法挑剔的女人，而且最重要的是她对待我的态度。单恋凯的年轻人正在苦恼不堪的时

1　即皮格马利翁（Pygmalion）。

候，我却似乎得到他们梦中情人的青睐，这对我和女人交往的历史来说，恐怕是一个辉煌的起步和成就。我不能昧着良心说我不喜欢凯，我确实喜欢和她在一起，喜欢天天看到她，喜欢天天上她家里去，她的家对我的诱惑就像糖果店对孩童的诱惑一样。孩童对糖果的馋嘴是隐瞒不住的，就像诗人赫伯特[1]说"爱和咳嗽一样隐瞒不住"。我在等待什么呢？我辩说这不是爱情，可是爱情又是什么呢？我懂得什么劳什子爱情吗？现实是平凡和无味的，而梦想却多姿多彩和充满波涛起伏，那种经过一番惊天动地的大变故的爱情不可能显现在我身上，什么家族仇恨、决斗、烽火鸳鸯、千里姻缘一线牵之类的情节更是子虚乌有，现实生活不需要你去英雄救美，只需要你空出你的瘦肩膀，用你没有什么肌肉的手去做一点搂抱之类的动作。也许我必须承认爱情已经静悄悄地敲着前门，而我却大开后门做着私奔之类的白日梦想。现实世界中的蛇往往都是胆小的、鬼鬼祟祟的，只会吃老鼠、青蛙和鸡蛋，从树枝上垂下来凶神恶煞地攻击路人的大蛇只会出现在浪漫小说和电影中。

1　即兹比格涅夫·赫贝特（Zbigniew Herbert，1924—1998）。

　　一个人一知半解地读过几本书，就会把周遭的事情想象得太复杂。如果我和凯在一起不是为了爱情，又是为了什么？大概想寻找一点屋檐下没有的刺激，或是想让我们之间的关系得到更迅速和更大空间的发展，或是开天辟地以来情侣——我又不自觉用了情侣两字——对荒山野地的向往和原始的漫游情怀在作祟——好像不到大自然走一遭就会使蠢蠢欲动的动物般的怀春心情升华不上去——我和凯最近又恢复了出游活动，而且为了逃躲别人的眼光，我们专挑杳无人迹的荒僻地。经过十多天的漫游和品择后，我们终于有了一个固定的出游地点。

　　四十分钟的脚踏车车程和渡轮的一次载送让我们觉得离家相当遥远了，这里是一座近海的直径两百多公尺的椭圆形山坡地，一片广袤的草原围绕着这座山坡地，草原一半以上的面积长着一公尺多长的芦苇和此起彼落的荆棘丛、灌木林，伸向内陆的天边则是莽莽苍苍的热带雨林。草原的土壤虽然不算肥沃，充满韧性的草科植物却长得相当茂盛，适合定期来此的动物啃啮。有五十多头肉牛和山羊在这里被放牧，放牧人是一个二十多岁的中国人，打扮得很像早期美国西部牛仔，骑的不是马，也不是牛，而是脚踏车。草原蜿蜒着一条主流通向大海的河川支流，除了多雨的年头和年尾，河水并不丰沛，在这个炎热和干燥的四月里，河床已经呈泥泞状态，逐渐步入七八月的龟裂时期，虽然如此，它所贡献的水源仍使草原上繁衍着热闹而不易察觉的动物世界。

这是一个没有阳光但是相当闷热的午后，我们坐在坡地上一棵热带柳的树荫下，凯背靠树身，嘴里衔了一节两耳草，哼着布兰德尔《古老曲调》的旋律，持续在家里因为我们的排练而兴起的鸟类游唱生涯。我坐在凯身边，偶尔随凯哼上一两句，漫不经心地回答凯有关我将来的升学计划的询问，不时将头颅埋在两座膝盖之间，维持我一贯的穴居类隐遁态度和懒洋洋。坡地上长满各种软茎类野草，风的吹拂和蝴蝶、甲虫、蚱蜢、蝶螈的仁翔、跳跃、奔窜，使它们成为一片充满动态的绿洋，雨燕像海鸥在这片绿洋上捕食。一只鱼狗在远处的灌木丛上高声欢唱，一只不知道什么鸟站在一棵枯死的树身上啄磨屁股上的油腺刷亮羽毛，几只乌鸦尖叫着掠过天空。食猴鹰盘旋在热带雨林上头用锐利的视线和充满机动性的飞翔搜寻猎物，有的伫立在高大的树篷中用枯枝搭造的平台式窝巢监视树林中的举动。一簇一簇白云在头顶上缓慢地挪动，很像一群啮草的绵羊，而正在草原上啮草的牛羊也缓慢地挪动，有一只牛还嗞嗞作响啃嚼我们身边的野草。放牧人不久前骑脚踏车来巡视过，他随意扫视了一遍牛羊，却很认真而有礼貌地和我们打招呼，倒像他跑这一趟是来问候我们，不是来照顾他的牛羊，这一会也许也像我们躺在树荫下敞开印第安族皮肤般的胸脯休憩，或许正在附近他独自开拓的屯垦地上劳作。这种闷热气候，这种宁静和安详，很容易使人泛起困意，我挪动身子和凯靠在同一棵树身上，将后脑勺枕在僵硬的树皮上，仔细聆听各种自然音籁，脑海里浮起《田园交响曲》第二乐章结尾时一段充满田园趣味的旋律：长笛像夜莺婉转，双簧管像鹌鹑啼鸣，单簧管像杜鹃吟唱……

忽然有一团软绵绵的东西靠向我左肩来，而且一动不动地伏在那上头。凯的哼唱停止了，代之而起的是规律的呼吸声，这种呼吸声的传达不完全是透过听觉，有一半是透过我左肩上的触觉。我慢慢地转过头去，只看见一团黑发披散在我左肩上，我的鼻尖不但几乎可以触到发梢，而且可以闻到从发茨和头皮飘散过来的洗发精味道。凯不知道什么时候睡着了，头颅正好斜斜地靠在我左肩上，我可以感觉到左肩的压力越来越重，显示她的身体正在倾斜当中，当她的右臂贴紧我的左臂，右肩靠在我左胁下时，整个上半身重量几乎压到我身上来，树身反而成了可有可无的支撑。我看不见她的五官，只凭呼吸声和姿态想象她已经入睡，或者半睡半醒中，并不知道自己正靠在另一个男子身上，当然更不知道那个男子的心跳和血液循环因而加快，和她刚好相反地处在警戒状态。一个活生生的女子靠在我身上！她的身体是柔软的，她的体味是我熟悉的，她的体温是烫人的——贴在我身上的右臂和右肩早已因为热而开始沁汗，最重要的是她带给我一种被信赖的感觉，这种感觉使我忽然处于莫名的兴奋和骄傲中，好像自己就是银幕上被女主角痴恋的幸福男人。我不敢随便挪动身体，担心任何一个小动作都会惊醒她，有一部分肌肉因为血液受阻而麻痹了，仿佛听到诗人罗拔·伯恩斯[1]油嘴滑舌地朗诵他的诗作《甜美的爱弗顿河》：

　　野鸠的回音缭绕在山谷中，

1　即罗伯特·彭斯（Robert Burns，1759—1796）。

山鸟在多刺的巢穴上长鸣,

还有你,翠冠田凫,请约束你高亢的歌声,

我嘱咐你们,不要惊扰我的睡美人。

凯的身体似乎动了一下,这个动作非常细微,也许只是熟睡中的一种无意识反射作用,但是它却冷却了我刚刚升起的浪漫情怀,回复到起初的警戒状态。我又转过头去瞄了她一眼。她的姿态没有变动,呼吸声也没有中断。我忽然想起也许她并没有真的入睡,也许她正在试探我,给我一个表现男子汉的机会,等着我做出我早就应该做出的反应,就像过去她抛给我拭过汗的手帕,呷我呷过的吸管,请我给她拍照,像偷吃零食的小孩把我带到厨房里……但是我又怎么知道这种种举动只是一种友好表示,只是她的率直和善良个性的流露?我如果对她的西式教育、西式思想、西式作风大惊小怪或神经过敏,岂不辜负人家一片好意?她今天这种举动……至少她要我以为她是睡着的,那么我就当她已经睡着吧,其实她是不是真的睡着并没有关系……她的右手掌就搁在我的左手掌旁边,根据我的猜测,一般男人想要表示心意时,就会趁此机会握住对方的手，也许对方不但不以为怪，反而会用一点力气反握对方，转过头来抿嘴而笑……我试试看？

当我正在胡思乱想时，一阵尖锐而凄厉的叫声划破沉寂的草原，鱼狗从灌木丛掷向山坡地另一端，一群麻雀扑出芦苇丛，在草原上方忽高忽低绕了两圈，像中弹似的散落在另一片芦苇丛。我立即辨认出那是一只山羊的叫声，但不是那种一边吃草一边吟唱的闲咩，而是不常听到的哀号，声音里透着惊恐和抗斗。落在芦苇丛的麻雀又吱吱喳喳跃到另一片更遥远的芦苇丛。除了羊咩，整个草原依旧笼罩在安详和宁静中，遥远的热带雨林上空依旧盘旋着食猴鹰，牛群失去踪影，两只山羊从芦苇丛冲出来，摇摇晃晃走近我们身边。我下意识觉得发生了不寻常事，顾不得什么翠冠田凫的约束、什么睡美人，摇醒凯，朝羊咩声走过去。凯也莫名其妙地跟着我。

走了五十多公尺，越过一大片芦苇丛后，我们踏上一片松软的河岸，草原上唯一的一条溪流就暴露在我们眼前，除了河床中心还残留着几条混浊而孱弱的流水，十之八七的河床都是一片黏糊糊的泥淖，靠近河岸处甚至已经龟裂，上面布满动物和鸟类的足印。在我们三十多公尺外的河床上一只年轻山羊的两只前腿陷入泥淖中，两只接近两公尺和一只一公尺多的大蜥蜴正在攻击山羊，较小的大蜥蜴从山羊后腿撕下一片狭长肉块，当它摇头摆尾地吞嚼肉块时，从它嘴里到山羊腿撒开十数条像红网的淌血肉丝。两只大蜥蜴昂着头，彼此互带敌意地吞下从山羊肚子叼走的腹肉和内脏。山羊背对我们卧倒地上，有气无力地蹬着后腿，拉长脖子嘶叫。大蜥蜴看见我们后，用四肢将身体撑离地面，一边吃着食物一边歪着脑袋注视我们。我挥舞两手大叫着冲过去，大蜥蜴立即窜退数公尺，当我走到山羊身边时，它们还在三公尺外用类似秃鹰、土狼的腐食者的神情瞪着我，嘴上荡着稀溜溜的肉片，显然不甘就此丢下丰盛的美食。我又大叫着冲过去，直把它们赶入芦苇丛失去踪影为止，然后吩咐凯到放牧人经常睡觉的树荫下把放牧人找来。凯答应着去了。

　　山羊肚子已经成了空荡荡的血窟，右腿挨了一把钉似的隐约露出白骨，但是它还没有断气，后腿和脑袋还不时地抽搐，偶尔甚至还有力气短暂地叫一下。大蜥蜴掠食时通常不会看准致命处，而是咬到什么部位就从什么部位开始吃起，这是它和一般掠食者不同的地方。这只年轻山羊可能是被大蜥蜴追逐时不小心陷入泥泞地，也可能是它想喝水时被困在泥泞地中引起大蜥蜴攻击。我想它的小命是保不住了，思忖要不要尽早结束它的生命时，放牧人正好赶了过来，他打量山羊，小声咒骂，不知道是在骂大蜥蜴的残暴还是在骂山羊的不乖，忽然钻入芦苇丛。热带雨林上头的食猴鹰凭着锐利的视力察觉到状况，已经飞到河床上空盘旋着。放牧人抱起一块石头从芦苇丛走出来，将石头用力砸在羊脑袋上，两手各抓紧山羊脖子后面和背上的皮肉，闷喝一声将死山羊举到胸前，一边答谢我们一边拎走死山羊，内脏之类的秽物从山羊肚子掉到地上。我走向始终远远站在一边的凯，一起回到山坡地。食猴鹰立即飞扑下来抢夺从山羊肚子掉下的东西。

放牧人将死山羊捆在脚踏车后座上，推着脚踏车离开，从他从容不迫的态度看来，山羊遭到大蜥蜴攻击似乎已经不是第一次。食猴鹰越过草原上空叼着战利品飞向热带雨林，飞禽和穴居类动物暂时回避到安全的匿藏处，整座草原显得更加沉寂，只剩下树叶、芦苇拍击声和蝉鸣，但是不久牛羊的哞咩再度响起，鸟类也恢复欢唱和扑食，在草原上翻腾的虫影像浪花水光。我和凯走回原来躺卧的树荫下，一只喜鹊在我们头上歇斯底里地尖叫，好像挨了丈夫毒打的泼妇在宣扬家丑。凯依旧背靠树身坐下，脸上维持着从前观看屠狗和斗鸡时的反应，啧啧称奇，小声惊叹，"真残忍的大蜥蜴啊""真可怜的山羊……""真可怕……""真是……"我知道她又要在山羊身上表现她的温情主义，开始滔滔不绝地述说大蜥蜴的习性，我亲眼看到的大蜥蜴攻击家畜和它们被人类围捕的经过，在凯带着鼓励性质的惊叹声中，我足足说了一个小时，当我发觉头顶上的喜鹊已经不知飞向何处，而凯不再对我的演说做出反应时，我才发觉凯又睡着了。一头大黄牛很怕吵醒凯似的从我们身前走过，慢条斯理的模样有点像一辆行经中的超龄汽车，凯如果在做梦，大概会觉得有一种庞大而模糊的物体从她身旁掠过，如果她没有睡着，大概也会觉得有一种压迫感在潜意识中浮动……我歪着脑袋打量凯，猜测她这一回到底有没有入睡。我轻轻叫了她一声。这时我看到的是凯的侧面，她的表情很安详，眼皮没有跳动，上半身规律地起伏着，嘴巴半开，露出十几颗白皙的牙齿。她的嘴唇大概张得太久，少了湿润而有点干燥，连牙齿暴露出来的部分也是干的，倒是鼻尖沁着十几粒汗珠。从这张半张开的嘴巴看来她似乎真的睡着了，而且睡得跟婴儿一样甜。我像工作中的修表匠专心而认真地瞧着她，好像她是一个故障的发条娃娃。凯的嘴唇十分丰厚，但是和下唇比较起来，上唇又娇小了点。作为一种发音、亲吻、吸吮的器官，这两片肌肉应该是人类身上最柔软和可能动用得最频繁的有机物……凯的嘴唇忽然抽搐了一下，这大概是无意识的吧，或许是我这种将意志力集中在嘴唇的精神活动使它产生感觉和动力，就像西门庆的热情眼神可以让潘金莲的竹竿打在他头上。我忽然兴起想和凯"亲近"的念头，不过不是过去我时常想到的拉手或抚摸头发，而是一种想"亲吻"她的念头。我连拉手之类的斯文动作也做不出来，哪来那种野蛮行径和勇气去"亲吻"她？我虽然没有勇气这么做，但是我却可以想象，就像我过去做过的各种想象，但是仅仅是想象就已经叫我脸红心跳，所要实行的对象就近在眼前。勃朗宁道貌岸然地说：

集四季所有的香味与花朵在一只蜂的蜜囊，
集矿藏所有的奇观与财富在一颗宝石的心，
集大海所有的光与影在一颗珍珠的核：

香与花，光与影，奇观与财富，

还有远比这更高贵的——

真理（它的光耀胜过宝石）与

信任（它的纯洁超过明珠），

世上最亮的真理，最纯的信任——

这一切都为我贮存在一个少女的吻中。

　　虚无而抽象的"真理"和"信任"当然不能满足我的想象，我渴望一点动作。我想象自己像橄榄球员——不，像教宗亲吻机坪……但是——总之——唉，不管这种事情需要运动精神或宗教情操，我非得——非得行动不可——等一下，我的圣母马利亚，我在做什么？我哪有做什么？凯的身体又动摇了一下，似乎在抗拒我这份太过激烈的念头。我立即把头转开，担心她忽然醒过来瞧见我一副心猿意马的模样，同时开始愧疚和自责，开始用一切肮脏和下流词汇痛骂和作贱自己，直到某种生理反应完全退缩为止。我仰面卧倒在草地上，偶尔闭上眼睛，偶尔睁眼望着树叶和天空，直到各种飘忽杂乱的念头完全停息，陷入一片空白状态。我呼吸青草和泥土的味道，聆听鸟声、蝉声、风声和各种自然音籁，白云、蓝天、树叶、枝干在我眼前摇晃、交替，逐渐使我感到目眩和困乏，我合上眼皮，似乎睡着了，似乎又没有睡着，风声在我耳边噗噗噗拍打，鸟鸣、马蹄、马嘶和人类雄壮的吆喝声此起彼落，夹杂着柔和的歌唱的女声，这随意哼唱而没有歌词的女声越来越清澈，终于使我睁开眼睛坐卧起来，虎帐被冷风拍打得噗噗乱响，外头传来行军声和鸦鸣，一阵腐臭扑鼻袭来，女子的歌唱声音隐隐约约。我披散头发带着倚天剑走出虎帐，一群乌鸦聒噪着争吃挂吊在柳树上的谋士尸体，两天前他因为嘲笑我赤壁战役的落败而被我剖破肚子。营地烽焰弥漫，幡旗戈戟零落，伤病的武将士兵满地呻吟，一片肃杀破败。我觅着歌声，朝一条河域走去。河岸上立着一棵枯树，断杈垂丫像虾尸蛛骸，主干像几个逐走狂呼的老妇，雁群南飞，熊罴吼叫，火红的夕阳沉落江河上。我一手傍着树身站在枯树下，抚视臂上的箭疤，捋了捋胡须，搔了搔纵欲过度的胯下悬垂物。一艘艨艟漂过江面，桅杆、帆幔、船舱、艋艏正在猛烈地燃烧，连矛窗和箭穴也是一片火光，一个全身着火的女子站在船上向我招手，嘴里发出类似歌唱又像呼叫的声音。我涉向河中心，但是步伐逐渐沉窒，当河水越过腰部时，艨艟消失了，整座河面变成一片泥泞地，我陷在泥泞地中无法前进，羊咩从我嘴里响起，手掌长出蹄冠，羊角和山羊须从头脸龇开，一群大蜥蜴张开血口向我扑来……

我睁开眼睛，蓝天、白云、树叶依旧在眼前张挂，鸟声、蝉声、风声、牛哞羊咩依旧此起彼落，而柔和的女子歌声也依旧飘扬。我从草地上坐起来，发觉凯已经睡醒，正靠在树上哼着某种曲调。

"你醒来了吗？"我的背部和额头淌满汗水，热得好似置身火窟。

"是啊。"凯转过头来笑眯眯地看了我一眼，然后又开始哼唱。

"刚才是你在唱歌吗？"

"是啊。"

"你唱了多久？"

"啊？你睡了没多久，我就开始唱了。"

"我睡了多久？"

"大概半小时吧。"

"你哼的是什么歌？"

"我看你要睡了，就哼舒伯特的《摇篮曲》哄着你睡，你睡得真熟呢。"

20

六天后的一个傍晚我们练唱完毕后，路易士向我们宣布了小提琴手逝世的消息。小提琴手实际上患了绝症，迁居到此地以前只剩半年活命，她的双亲一年前特地从国外租来一把十九世纪的萨瓦尔特小提琴，弥补自己对女儿隐瞒病情的愧疚。我和爱德华抱着六弦琴坐在椅子上，有半晌说不出话来。这几个月来，我总觉得自己和小提琴手是相识已久的老友，逢她开始演奏时，我就觉得她是在向我述说心事，好像一个历经沧桑的女鬼在用一篇催人眼泪的演说词来换取一个幸福的投胎，有时候她又像旧识来拜访我，一一地询问我的近况，打听我的烦恼和抱负，就像一个诡异而体贴的狐狸精在安慰和侍候一个破庙苦读的落魄书生。就在十多天前，我们商量着路易士应该以邻居的身份或者透过他的母亲介绍，带领我们去拜会和认识这一家人，尤其是这位小提琴手，我们深信我们之间有许多共同嗜好，有许多深合对方胃口的谑笑材料。在这座荒蛮岛屿上，有灵气的人实在少之又少，如果真有这么一个人，即使他长得像科学怪人，即使他有三头六臂，即使他是麻风病人，即使他喷火、喝血、吸毒、吃尸，只要他不伤害我，我都愿意去结交他。我听见爱德华和路易士正在议论小提琴手生前知不知道自己患了绝症……

"知道！她一定知道！"我说。

"你怎么知道？"路易士说。

"她的音乐……"我知道这个解释有点荒唐，"我是从她的音乐里感受到的……"

我以为他们会嗤之以鼻，但是他们出乎我意料地露出思考的神情，好像一个考古队挖掘到一件被旁人视为破铜烂铁的什么东西，不敢轻忽地保存和记录。经我随口点拨，我们各自展开灵长类的辩证专长，像夜行动物遁入各自拥有的不为人知的月亮黑暗面去，一层一层剥开自己，寻找那头在灵魂深处哭啼的猿猴。在我们仁交会形成的灵犀针的指数逐渐升高中，我猛然发觉一个事实：过去我太专注于自己，而没有注意到两位好友对小提琴的反应，事实上他们可能比我投注了更多情绪，可能也和我一样把小提琴手当成缠绵悱恻的谈情对手。当我发觉这个事实时，我更惊异地发现路易士和爱德华也和我拥有同样想法，也就是说我们同时发掘到对方的秘密，不但灵犀合成一针，连思路也理成了一线。

"雷恩说得没有错，"路易士非常认真地说，好像一个哲学教授在肯定某个论题的研究价值，"也许她早就知道了……"

"是啊，这是有可能的……"爱德华像是在国际会议上赞美某篇论文在学术上的成就，"虽然她的父母隐瞒着她，但是这么聪明和敏感的女孩……"

"可能还带着一点可爱的神经质……其实她知不知道都不重要，重要的是她早已有了死亡心情……"我也像在会议台上慎重宣读书面意见。

更惊异的事还在后头。两天后，我和凯在她的房间里下完西洋棋，顺道浏览她的房间时，看见床头摆了一张我上回和凯在花园里的合照。这是一张放大得只比《时代》杂志封面稍小的黑白照，凯促狭地靠在我肩膀上，而我的表情却有点错愕，当我忍着笑正想移开视线时，我发觉照片上的左上角还有一个第三者。虽然焦距对准我和凯而使背景相当模糊，但是还是可以看到作为背景的小提琴手居住的楼房，就在那个摆着盆景的最左边窗口浮现出一个女子的五官。我记得拍完这张照片后，拆卸三脚架时看见窗帘摇晃了一下，这个女子大概没有想到虽然躲过我的视线，却没有躲过自动快门的捕捉。她的身影出现在左上角最边缘，想来当初以标准尺寸冲洗照片时，冲洗师父平衡画面，擅自切掉这一角，放大时却保留了下来，这是常有的事。她在整张照片的比例非常小，不过即使不经意看也可以发觉她的存在，就像文艺复兴时期意大利画家描绘大卫王偷看拔士巴出浴时，总把大卫王画得非常小，但是观赏者还是很容易从遥远的背景角落里发觉偷偷摸摸张望的大卫王。她的五官相当模糊，从隐隐约约的轮廓看来，年纪很轻，身材削瘦，表情忧郁，留着短发，似乎穿着白色洋衫，似乎正在看着我和凯。这栋房子住了三个人，从年龄上看来不会是小提琴手的母亲，只有可能是那位小提琴手。

　　我非常好奇地凑上脸去端详她，很想知道当时她在想些什么，为什么她要逃躲我的眼光……在路易士房里练唱偶尔抬头看向窗外时，这张窗口的窗帘就会跟着摇晃一下……偶尔我会觉得有人在看着我，过去我总认为这个人是凯，当我扫视路易士房间时，也的确经常看见凯坐在什么地方向我微笑，现在我才发觉似乎还有另一个人……就像我们想认识她，也许她更想认识我们。她用尽心力演奏小提琴也许就是想引起我们的注意，想用精湛的小提琴演奏技术和音乐才华当作结交我们的筹码……当然，也许刚好相反，她瞧不起我们的乐团，觉得它空洞而糜烂；她也看不惯我和凯，觉得我们庸俗而暧昧……

"怎么样？这张照片放大后还不错吧？"凯这时已经收好棋具，调了两杯冷饮走到我身边。

我知道凯已经注意到小提琴手，我也没有必要隐瞒她。"我在看窗口上的那个女人，她是不是那位刚过世的小提琴手？"

"就是她，没有错，我在窗口上看见过她，有一次我还特地向她打招呼，她好像不太爱理人呢，"凯说，"她在照片上看起来真像一具幽灵。"

"这张照片我想多洗几张，你把底片借给我好吗？"

我把底片交给一位在摄影公司工作的朋友，请他以最大的清晰度放大小提琴手。可惜背景太模糊，影像太小，放大后的照片还是看不清楚长相，只觉得她似乎蹙着眉头，咬着下唇，显得更瘦削，更忧郁，更像凯说的像一具幽灵。我把照片藏在抽屉里，经常拿出来观赏，照片上的朦胧感使我有看不腻的感觉，从前她留给我的各种印象——各种神秘、可怜、悲伤、短命等等，也因为这份朦胧感而加深程度。我很想知道当她偷看我们练唱时，她将注意力集中在谁的身上？我的座位通常都是面对窗口……路易士和她隔邻而居，又有一个和她朝夕相对的窗口，他的歌声又是最杰出的……我很想把这张照片拿给路易士和爱德华看，但是又怕他们产生疑惑，尤其是路易士，我和凯在他们眼里已经是半公开的情侣……

经过这些日子的相处，我已经相当确定凯对我的态度，最近她的暗示已经愈来愈明显，就像德国小说家保罗·李契特说的"一个恋爱中的姑娘会不知不觉越来越大胆"。她约我下西洋棋的地点，不在大伙相聚的路易士房间，不在光明正大的客厅，不在风景怡人的阳台，不在幽静的花园，而在她的起居重地，她可以轻易掌握状况和设下重重陷阱的闺房，目的不外是要我看到床头上我和她的放大照片，一个女子在床头上摆着自己和另一个男子的合照，又是一张相当亲密的合照，即使笨牛也会觉得蹊跷。我替她拍的两百多张照片，每一张都比这张合照出色，我不相信凯这种举动仅仅是因为好玩或没有任何目的性。我不能再装聋作哑，也不能假装没有看到凯用热切的眼神期待我的反应，这种期待的热切甚至已经到了"紧迫盯人""全天候教"的地步。我不是也喜欢凯吗？我应该高兴才对……可是要我忽然和她陷入"热恋"，似乎又超出我的想象，甚至不可思议，就像过去我认为拥有一个漂亮的女朋友不可思议。我不知道应不应该采取行动，难道内向、害羞两个龌龊鬼还不够，懦弱、犹豫两只下流精也想住进我的个性的幽暗处吗？我没有染上患得患失、疯癫、胆大妄为种种恋爱症候群，没有足够理由促使我行动，说我懦弱和犹豫似乎不对，但是我也不想摆出冷漠或拒绝的态度，我这不可理喻的心灵到底穴居着什么魑魅魍魉？苏格兰作家约翰·布朗说"分析谋杀爱情"，如果我真的恋爱了，我就会像其他人一样懵懵懂懂、昏昏噩噩，东西南北不分，刀山火窟不怕，而不会像哲学家用冷静电和理智雷给自己的热情一个晴天霹雳，不会像和尚一样唠叨和冷酷，不会像老头子用生蛆的智慧警告自己，我这个受过教育的可笑模样真像一头冷静的辩驴！好吧，如果我没有恋爱，是什么捣蛋鬼、暧昧魔在作祟呢？人家已经用"床头人"暗示我，我不能像身份不明的幽灵在这栋房子里飘荡，不能让一个女子像傀儡摆布我。我是喜欢她的，也许没有像她喜欢我那样强烈，但是一旦对方要我表明态度时，我就不能含糊下去，否则对方就会以为我也同样强烈地爱恋她，即使没有任何动作——动作？我还需要什么动作？从我认识凯开始，她就一直是我的"手语"对象，我已经无数次"强暴"过她，我在她面前假正经不过是掩饰自己的狰狞和粗暴！我虽然没有偷看过那位没有穿胸罩的女同学胸部，但是从她变成我的"手语"对象开始，我就一直鬼鬼祟祟找机会……你还有资格和凯谈恋爱吗？你的懦弱和犹豫完全来自你腹中的罪恶城，来自你淫魔呻吟的黑暗巢穴……当凯无助地、充满期望地看着你时，你却装疯卖傻，顾左右而言他，就像一头人工射精二十几次的雄牛一样面不改色！！

　　你自卑吧，你自责吧……可是我还是逮到机会。热带的国家，以炎热的午间和浪漫的晚上最容易发生状况，我就是在这样一个夜晚和凯并肩坐在他们自家花园的小亭子里聊天，星星、虫声和蚊子一样多，我们燃了四挂蚊香，听蟋蟀，认星座，打蚊子，凯一直断断续续哼着柴可夫斯基家喻户晓的《天鹅湖》主题曲。现在我和凯单独相处时已经失掉各种浪漫念头，我实在担心她做出靠在我身上假寐之类的事情，亲密动作的难受度不在表现方式，一个别有用心的微笑和一个掸掉肩膀上灰尘的动作并没有太多区别；它的难受度在于突兀，就像集中心神读书时会被从天花板掉到书本上的小壁虎吓得歇斯底里。今天晚上这个幽会是我的提议，我不知道为什么选在晚上，大概是因为心虚和基于一种逃躲心理吧。我告诉凯我替小提琴手编了一个故事，打算在今天晚上告诉她。我也不太确定自己告诉她这个故事的用意，或者根本没有什么用意，整个故事来自凯对我的种种暗示过程中的下意识总回应，它含蓄而含糊，而我的语气和态度又更含蓄和含糊。我很愿意和凯维持朋友关系，当事情不能两全其美时，我只有装作不情愿地用一些冠冕堂皇的理由来搪塞，就像一个穷酸书生看到对方"向睡鸭炉边，翔鸳屏里，羞把香罗暗解"时，忽然说出一堆追求功名、光宗耀祖的抱负，用拜伦的公子式忧郁拂袖做薄幸郎去了。下面是我告诉凯的故事。

我们的女主角芬妮·林二十岁生日晚上练习小提琴时，窗外响起另一只小提琴和她合奏柴可夫斯基的《热情圆舞曲》。自从感染先天性心脏病后，从十四岁开始，芬妮就将一天的练琴时间缩短到两个小时，医生警告她疲劳和刺激会使病情恶化，这位闻名全国的心脏权威列举几个突发性心脏麻痹死亡病例时像法医提起自己肢解过的尸体，他将听诊器按在芬妮胸前时简直像用电钻凿破一个头盖骨。医生没有说谎，芬妮曾经在练琴时陷入休克状态，几乎被这种冠状动脉硬化症夺走小命，但她并不后悔，没有音乐的日子比被活生生肢解还要难过。从小她被视为天才小提琴家，十二岁时，她立下宏愿将来做一名职业演奏家或世界各大交响乐团的小提琴手，因此坚持穿着正式表演服装练琴，所谓正式服装只是衣柜里随着她长年幽居养病而发霉的过时洋服，有一些甚至已经被老鼠和蟑螂在某些重要遮掩处咬破几个小洞。逢她练琴休克时，医生看着破洞中的苍白肌肉，逐渐改变他的法医作风，变成热情唠叨地做着临终弥撒的乡村牧师。

我们的女主角芬妮·林住在一栋十二层大厦的第九楼,紧傍这栋大厦的是一座十五层大厦,当她二十岁生日晚上和窗外一只小提琴奏完《热情圆舞曲》时,她打量对面大厦的八、九、十楼,觉得生命里起了不寻常的变化。此后,逢她晚上开始演奏,这只小提琴就会应声而起,用不熟练的技巧和她探索过舒伯特等伟大心灵的小提琴汇成一个不很协调的小提琴二重奏,像你深夜时听到的公猫声和女子歌声,偶尔这种人兽声也会谱合起来,诉说旷男怨女的深闺空巢寂寞。芬妮非但不介意,而且十分感动,她发觉住在对面八楼的小提琴手是一位年轻男子,这使她游移在医生和法医的受惊吓灵魂生出神奇力量,每天晚上经过四五个小时合奏后依旧精神饱满毫不倦怠,像一个让死神无可奈何的得了肺结核的天使,苦了两栋大厦的八、九、十楼,甚至住得更高或更低、更左或更右的邻居,抗议声没有唤醒他们彻底淹没在二重奏里的公德心,这些邻居开始放大收音机音量,肆无忌惮地搓响麻将,学钢琴的小孩愤怒地敲着琴键,把放在阳台或其他房间的八哥、鹦鹉、画眉、爱犬堆积到窗边,一位吃斋信佛的老太太对着窗口念经和敲起木鱼来了。这些声音倾巢而出,但是没有骚扰到小提琴的合奏，芬妮觉得它们充满生活情趣。经过一段时日后，芬妮觉得自己和这位素未谋面的年轻人已经成了老朋友，可以透过小提琴掌握对方变化无常的情绪，逢她拉奏帕格尼尼时，他会荒腔走板附和博她一粲，直到她改奏《小星星变奏曲》或其他儿歌为止；他可以从她一个了无生气的断弓跳跃肯定她着了凉，劝她多穿一件衣服，免得被夜晚的寒风吹坏身子；偶尔他会取笑她的矜持和避不见面，她愠怒地指责他，他道歉，她表示原谅，两只小提琴坠入琴瑟和鸣中——这些都是透过两只小提琴，在一片款款絮语中进行。他的风格是粗暴和雄性的，像钟馗啃吃她胸中的烦恼鬼，而她像水牛背上的鹭鸶啄咬他身上的无聊虫。他们也不是没有会错意的时候，不过大抵没有太离谱，譬如有一次他想合奏一首曲子配合隔壁夫妻斗嘴，她却奏起《圣母颂》化解戾气。

这位年轻人变成芬妮夹满干燥花和枯叶的日记里集中笔力书写的主角，她以学术精神记录和研究对方，像动物学家观察短尾猴的生活习性，她会在每天的日记里写下从书本摘录的几行情诗或自己的创作，陪衬一些小鸟、小草和猪肠子般的巴洛克式图案。她做了结论：从他每天早出

晚归和懒洋洋的生活态度看来，他有一份固定但是没有挑
战性的工作；从他经常读着厚重的书，经常面对厚重的墙
壁思考看来，他的烦恼似乎也相当厚重。她画了一个托着
下巴皱眉思索的瘦男子作为这个结论的插图，很像尖嘴尖
腮思考进化问题的达尔文猴子。事情发生在三个月后某个
晚上，一个女子开始在他的房间里进出，滞留时间逐渐拖
长，芬妮和他合奏的时间逐渐缩短，稍后他成为一个夜归
人时，他们完全中止合奏。她持琴呼唤，直至深夜，回答
她的是鹦鹉、八哥，绝情绝意的阿弥陀佛。她拉奏时崩断
极富戏剧女高音味道的 E 弦，因为心情极坏，日记里的文
字书写显著减少，绘图增多，颇像以图画为主的儿童故事
书，整本日记长满枯树荒草，这使她终于付出代价，某个
晚上，她忽然被一阵胸疼击倒，开始一段长时期的住院治
疗。医生依旧以乡村牧师的态度安慰她，但以挽联的简洁
和工整写下病历，他预测这张病历卡销号的日子不远了。
二十天后，我们的女主角以艺术家的固执和坚强打翻护士
递过来的两锭药，在医生勉强祝福下回家养病，回家的第
一个晚上她持琴向对面八楼呼唤时，对方的小提琴快半拍
抢答，她的突兀使他应对得十分仓促，像主人来不及穿上

衣服就去应门，立即遭到七楼一只腊肠狗质疑。第二天对方比她猴急，早她一步奏起小提琴，从此芬妮日记里的花园又蓬勃起来，连孔雀也飞下来开屏。第七天晚上，她在一阵激痛来袭时昏死在地上，她轻巧的灵魂连续骚扰那位年轻男子三天后，和一批陌生人、昆虫走兽的灵魂飞升到天上，从此这两栋大厦的八、九、十楼，更高或更低，更左或更右的住户终于重获夜晚的宁静。

我们这位和芬妮之死有着关联的男主角亚力士·罗从乡下一所大学毕业后在城里一间中学执教，客居亲戚家中，打算工作一两年后出国进修，因为受了在音乐学院教授小提琴的母亲的胎教，亚力士也会用小提琴拉奏几首不讨人厌的小夜曲，父亲认为亚力士的 G 弦既不抒情也不雄壮，A 弦也没有母亲的韵味，之所以如此，这位律师认为完全是当初怂恿上亿个 Y 精子步自己后尘学习法律的结果，不过被羊水和母乳滋润过的亚力士多愁善感而羞涩，他的书桌常常摆着几本看起来瘦小而营养不良的李清照和济慈诗集，而不是肥厚的六法全书。四年大学正统教育没有让亚力士养成诉讼律师的好斗和残暴，枯燥的法律条文使他爱做白日梦的个性根深柢固，半年前母亲的过世和烦琐的教务工作给了他更多懒惰和抱怨的借口，在他打起精神为法学博士做准备之际，委屈得像在对权威的命运做着绝食抗议。一天晚上，当他对着满桌子法学书籍和一本《徐志摩诗选》神游时，从对面大厦传来的小提琴让他强烈地思念起母亲，他衔着眼泪找出那把二流小提琴，有一搭没一搭地和对方合奏，就像从前晚上听见母亲拉奏小提琴时，立即丢下书本拎起小提琴走到母亲房间里。母亲身体单薄，头发半白，脸无血色，演奏时总是穿着一件白色薄纱曳地晚服，当她用尽全身力量拉奏漆成白色的小提琴时，全身骨骼隐约浮现，在阒静的子夜里，亚力士既兴奋又害怕。父亲非常厌恶亚力士的夜半琴声，他认为只有女人才会半夜里歌唱或玩弄什么乐器，存心吓人一跳，而男人只会在清晨时做雄鸡式的清鸣。

亚力士觉得对面的小提琴是母亲的鬼魂在呼唤和督促自己，逢小提琴演奏时，他就会持琴和对方合奏，因此从这天晚上开始，他像从前接受母亲教诲恢复了练习小提琴的固定功课，这种习惯在认识丽梅时才终止一段时日。丽梅是他的同事，比他大两岁，身材丰满，衣着光鲜，从教室外走过时经常惹起少不更事的中学生吹口哨，被选为莲中之花。她主动接近亚力士，很快引起这位还没有正式剃过一次胡须的大学毕业生注意。他和她一块在餐饮部用午餐，把她带回亲戚家里，让她整理房间的臭袜子和灰尘，和她在电影院、咖啡厅、公园里鬼混，小情侣准备拉手时，在一座餐厅里吵了一架。她火气十足，吃猪排时洒下不少辣椒酱和黑胡椒，而他五分熟的牛排则鲜血淋漓，和他涨红的小白脸一样血脉偾张。他们在教员办公室冷战，暂时停止来往，失去情人的亚力士想起母亲，但母亲的鬼魂似乎也因为他的缺席而终止演奏，他哀怨的忏悔情绪只引起一只八哥模仿。这位年轻人重新找到堕落和冷漠的借口，连丽梅有意和解的眼神也救不了他，当对面的小提琴再度响起时，他才兴起和丽梅再续前缘的念头，并且请母亲的鬼魂指引他一个驾驭丽梅的方法，这种念头尚未付诸行动，对面的小提琴就在某个晚上和他合奏至一半时愕然终止，让亚力士有种被羞辱和欺骗的感觉，此后连续三个晚上亚力士梦见窗外幽游着一位正在演奏小提琴的女士，其面目模糊，嘴角含笑，厉中带艳，亚力士梦中和她对视的灵魂像蟑螂躲在黑暗角落里发抖。

　　三天后，芬妮·林的父亲吉伯特·林带着女儿的日记拜访亚力士。亚力士读完日记后，被自己尖嘴尖腮的思考模样感动，为自己没有及时灌溉那些枯树荒草而神伤，最后竟断定自己害死芬妮，多愁善感的个性使他充满了歉疚和自责。他的反应使生平第一次阅读自己女儿日记的吉伯特吃了一惊，他没有想到眼前这个年轻人如此神似日记中的主角，从他的阴阳怪气不难想象他和女儿合奏的模样，他遗憾自己没有早点认识这个年轻人，及时凑合这对怨偶绝对可以延长女儿和自己的寿命。

　　经过两个晚上长考后，亚力士做了最后一件浪漫事：将自己的小提琴和芬妮合葬。回到学校后，他用新买的刮胡刀刮着胡须，理智地向坐在左前方的丽梅提出分手请求。他在刮胡子时做这种事情是因为刮胡刀的马达使他必须提高音量，让他的请求传遍教员办公室每个角落。

　　一只猫头鹰站在花园上方的电线上，像什么昂贵的高级音响叫嚣着，进一步打散我被蚊咬骚扰得十分破碎的注意力。我本来打算用快刀斩乱麻的手法将这个太过浪漫的故事叙述一遍，越是心急越是乱了章法，最后还是唠唠叨叨说了一个多小时，既没有赚人热泪，也没有像饱读诗文的书生显露一字半句襟怀笔墨，倒像说了一出广播小说一样媚俗。唉，书呆子就是书呆子，即使编一个故事也只看见风花雪月，走出书房就像唐僧走出孙悟空的护围圈，任凭张牙舞爪的现实宰割。我不想断绝和凯的海阔天空的友谊，也不想和她堕入小格局的儿女私情，只有施展穷酸秀才大难临头时依旧舞文弄墨的不切实际和看似明哲保身的畏缩，让凯走进我的暧昧国里和一群似是而非的鬼灵精怪打交道。如果凯带着一种纯粹听故事的心情，而没有发觉丽梅这个人物的"原型意义"，我是无所谓的，甚至乐观其成，哪一个小女生会知道白雪公主和七个小矮人之间的性意义呢？尤其说完故事后，我不知道为什么忽然觉得有点后悔。

凯没有说话，也没有像过去听完故事后发出赞叹或疑问，只是一动不动地坐着。我想转过头去打量她在黑暗中的侧脸，但是一如往常，需要动作的时候我总是犹豫不前。

"怎么样？你觉得这个故事怎么样？"我一嘴书呆气地说。

"不错，真的不错，"凯的语气很平静，"你还真会编故事。"

21

一个星期后，凯、路易士和爱德华的入学通知相继寄到。凯和路易士将在三个月后到英国北部一所大学就读，爱德华也在同时负笈澳洲。我的申请还没有着落，即使有，也会比他们晚离开。收到入学通知后，三个人忙着料理出国事宜，相聚逐渐减少，也不再热衷练唱，更没有那种出外闯荡的壮志凌云的胸怀，有的只是怅然的离别情绪和即将沦落异国的异样心情。凯在出国读书前两个月又和母亲到东南亚玩了一趟，回来时距离他们的赴英日期只剩下三个星期，姐弟俩特地在家里举行一场惜别舞会，邀请凯和我们班上的同学共襄盛举，席间我和路易士、爱德华抱着吉他献唱了五首歌，总算让我们这个早夭的乐团发表了一场非正式的演唱会。

凯是舞会中的焦点人物，男同学不断邀她共舞。我虽然不喜欢跳舞，但是礼数总要照顾到，和我们班上几位女同学跳过舞后，我就坐在角落旁当"墙花"。自从那天晚上和凯说过小提琴手的故事后，我就没有和凯单独相处过，甚至很少见到她，练唱时她也只露过几次面，每次都是放下饮料后就离开，不仅路易士和爱德华看出变故，镇上的年轻人也看出蹊跷，现在他们近乎争风吃醋邀她共舞就是证据。礼貌上我也应该请凯跳舞，可是我实在看不惯那群狼狈相，因此一直按兵不动。舞会举行到一半时，有一段将近半小时的休息时间，大家走到阳台、走廊和楼下花园里透气。我一个人走到路易士房间，在黑暗中站在我们平常练琴的地方，看着窗外那栋已经换了主人的建筑物。

"雷恩，你为什么不请我跳舞呢？"

我听见凯的声音从身后传来。

"我一直想请你跳，抢不到手哇。"我转过身子时发觉凯站得离我很近。

"喂，答应我，今天晚上剩下的每一支舞你都要陪我跳，好吗？"凯在黑暗中的身材显得很丰腴。

"好……"我说。

"我可以问你一个问题吗？"

"什么？"

"你喜欢我吗？"

"……"

"你知道吗？从前人家都把我们当情侣，为什么我们不是呢？"

"我们是好朋友……"我又后悔说了小提琴手的故事。

"明天我们去看球赛好吗？"

"明天……我……"

"不管怎么样，今天晚上你不但要当我舞伴，还要当我的男朋友——至少今天晚上，好吗？"

"……"

"如果我们是情侣，我可以请你做一件事吗？"

"什么事？……"

"吻我好吗？"

"……"

凯慢慢地靠到我胸前。

"……"

……唉，庸浅的爱情。我要怎么办？